별

알퐁스 도데 베스트 단편선

별

알퐁스 도데 지음 ─ 박정윤 옮김

수많은 별들 가운데 가장 아름다운 별은 바로 우리들의 별이죠.
저 '양치기의 별' 말입니다. 우리가 새벽에 양떼를 몰고 나갈 때나
또는 저녁에 다시 몰고 돌아올 때, 한결같이 우리를 비춰주는 별입니다.

한비미디어

# 차 례

# 풍차 방앗간 편지

## 《풍차 방앗간 편지》

작가의 고향인 프로방스 지방의 풍경과
사람들의 생활을 그린, 시적 환상이
넘치는 작품들이 실려 있는 단편집

**수록작품 :** <별> <코르니유 영감의 비밀>
<고세 신부의 불로장생주>
<퀴퀴냥 본당의 신부> <싱기네르의 등대>
<노인들> <아를르의 여인>
<황금 뇌를 가진 사나이의 전설>

# 별
## ― 프로방스 지방의 한 양치기 이야기

내가 뤼브롱 산맥의 한 산에서 양치기를 하고 있던 때였다. 몇 주일씩 사람의 얼굴을 구경도 하지 못한 채, 라브리라는 사냥개와 함께 양떼를 돌보며 홀로 목장에서 지내고 있었다.

이따금 몽 드 뤼르 산의 수도자들이 약초를 캐기 위해 지나가거나 피에몽 산의 숯장사들이 새까만 얼굴로 지나가기도 했다. 하지만 그들은 오랫동안 자신들의 일만 묵묵히 해왔기 때문인지 말이 없을 뿐 아니라 다른 사람들과 이야기하는 것에 별 흥미를 보이지 않았다. 그래서인지 지금 산 아래 여러 마을이나 읍에서 일어나는 일에 대해서는 아는 것이 거의 없었다.

그러기에 두 주일마다 보름치의 양식을 싣고 언덕길을 올라오는 우리 목장 노새의 방울 소리가 들려오거나, 밝고 쾌활한 어린 하인 미아로와 함께 갈색 모자를 쓴 노라드 아주머니의 모습이 언덕 위로 나타나면 나는 너무나 기뻐서 팔짝팔짝 뛰곤 했다.

이들에게서 산기슭 마을의 소식을 들을 수 있기 때문이었다.

아주머니는 누가 세례를 받고 누가 시집 장가를 갔는지를 비롯하여, 그동안 아랫마을에서 일어난 소식을 이것저것 들려주곤 했다. 그러나 무엇보다도 관심이 쏠리는 것은 주인집 딸인 스테파네트 아가씨의 소식이었다. 이 근처 마을에서 가장 아름다운 스테파네트 아가씨가 어떻게 지내는지가 너무너무 궁금했기 때문이다.

나는 겉으로는 무관심한 척하면서 아가씨가 마을 잔치에 자주 참석하는지, 야외로 나들이를 자주 나가는지, 또는 지금도 새로운 구애자들이 아가씨의 환심을 사기 위해 들락거리는지 등을 넌지시 물어보곤 했다.

만약 '산 속에서 지내는 보잘것없는 양치기인 네가 그런 건 알아서 무엇 하느냐?'고 묻는 사람이 있다면, 나는 이렇게 대답할 것이다.

"나는 이제 스무 살이고, 스테파네트 아가씨는 내가 지금까지 살아오면서 본 사람들 중에서 가장 아름답거든요."

그러던 어느 일요일이었다. 보름치의 식량이 오기를 눈이 빠지도록 기다리고 있었는데, 그날따라 도착할 시간이 한참 지났는데도 오질 않았다.

아침나절에는 '대미사를 보고 오기 때문일 테지'라고 생각했다. 그러다가 점심때쯤 되어 소나기가 퍼붓기 시작하자, 이번에는 길이 나빠서 노새를 몰고 떠날 수 없었나 보다고 여기면서 초조한 마음을 달랬다.

이윽고 오후 세시쯤 되자, 언제 비가 왔던가 싶게 하늘이 활짝 개었다. 비에 젖은 산도 햇빛을 받아 눈부시게 푸르렀다.

나뭇잎에서 물방울이 쉴 새 없이 떨어지고 갑작스런 소나기로 개울의 물이 불어나 주변으로 넘쳐흐르고 있을 때, 마치 교회당의 여러 종루에서 일제히 울려 퍼지는 부활절의 종소리처럼 즐겁고 경쾌한 노새의 방울 소리가 어수선한 소리에 섞여 들려왔다.

그런데 노새를 몰고 나타난 사람은 어린 하인 미아로도 아니고, 그렇다고 노라드 아주머니도 아니었다. 그것은…뜻밖에도 스테파네트 아가씨였다.

아가씨는 노새 등에 실린 버들바구니 사이에 꼿꼿하게 올라타고 있었는데, 소나기가 온 뒤의 맑은 산 속 공기에 산뜻하게 씻긴 탓인지 얼굴이 발갛게 상기되어 있었다.

아름다운 스테파네트 아가씨는 노새에서 내리면서, 오는 도중에 길을 잃고 헤매다가 늦어졌다는 이야기와 함께 그간 있었던 일을 알려줬다. 어린 하인은 아파서 누워 있고, 노라드 아주머니는 휴가를 얻어 자식들 집에 다니러 갔다는 것이었다.

그러나 꽃 리본과 화려한 레이스로 장식한 드레스로 단장한 아가씨의 모습은 산 속에서 길을 잃고 헤맸다기보다는, 차라리 어느 무도회에 참석했다가 늦어진 것처럼 보일 지경이었다.

오, 아름다운 아가씨!

그녀는 보고 또 보아도 싫증이 나지 않았다. 물론, 지금까지 이렇게 가까운 곳에서 아가씨를 본 적이 없었지만······.

겨울이 되어 양떼를 몰고 벌판으로 내려가게 되면, 저녁을 먹기 위해 주인집에 들를 때가 있다. 그때 아름답고 단정하게 차려입은 아가씨가 고귀한 표정으로 식당 앞을 사뿐사뿐 걸어가는 것을 가끔씩 보긴 했지만, 아가씨가 하인들에게 말을 거는 일은 없었다.

그런데 그 아가씨가 지금 내 눈앞에 서 있는 것이다. 오로지 나만을 위해서 말이다. 그러니 어찌 황홀해지지 않을 수 있겠는가.

바구니에서 가지고온 식량을 꺼내놓은 스테파네트 아가씨는 신기한 듯이 주위를 둘러보기 시작했다. 그러더니 조심하지 않으면 더럽혀질지도 모를 드레스 자락을 살짝 걷어 올리더니, 양을 몰아넣는 울 안으로 들어갔다.

짚으로 만든 침대 위에다 양가죽을 깔아놓은 나의 잠자리와 벽에 걸려 있는 커다란 외투, 양을 몰 때 사용하는 지팡이와 구식 엽총 따위를 재미있다는 듯이 들여다보면서 말했다.

"여기서 지내는 거예요? 가엾어라! 항상 혼자 지내면 얼마나 적적할까! 무얼 하며 시간을 보내죠? 그리고 무엇을 생각하면서 지내는 거예요?"

나는 이렇게 대답하고 싶었다.

'당신 생각을 하며 지내지요.'

사실, 그렇게 대답한다고 해도 거짓말은 아니었을 것이다. 하지만 그 순간 너무 당황한 나머지 한마디도 할 수가 없었다.

아가씨는 그런 내 마음을 눈치챘는지도 모른다. 그러면서도 일부러 짓궂은 질문을 던져놓고, 내가 쩔쩔매는 꼴을 보며 재미있어 하는 것 같았다.

"가끔 당신의 애인이 이곳에 찾아오겠죠? 아마 그녀는 황금빛 산양이거나, 저 산봉우리 위를 날아다니는 에스테렐 선녀겠지요……."

이렇게 말하며 머리를 뒤로 젖히고 웃는 그녀의 모습은 너무나 귀여웠다. 또한 살그머니 나타났다가 숨 돌릴 겨를도 없이 사라지는 요정처럼, 서둘러서 돌아가려는 아가씨야말로 내게는 영락없이 에스테렐 선녀처럼 여겨졌다.

"잘 있어요, 그만 가 볼게요."

"조심해 가세요, 아가씨."

마침내 아가씨는 빈 바구니를 노새 위에 다시 싣고서 떠나갔다. 아가씨가 산길을 따라 멀리 사라진 뒤에도, 노새 발굽에 채어 연방 튕겨 나가는 돌멩이 소리가 귓전을 때렸다. 그 돌멩이 하나하나가 마치 내 심장을 두드리는 것 같은 느낌이 들었다.

나는 해질 무렵까지 꼼짝도 하지 않고 있었다. 조금 전에 있었던 꿈같은 일이 달아날까 두려워서 손가락 하나도 움직이지 않은 채 우두커니 앉아 있다가, 나도 모르는 새 꾸벅꾸벅 졸고 말았다.

날이 저물자, 내려다보이는 산골짜기에 푸른 물빛이 감돌았다. 양떼들도 '매매' 하고 울거나 서로 몸을 비비면서 떼 지어 울 안으로 돌아오고 있었다.

바로 그때, 산비탈에서 나를 부르는 소리가 들려왔다. 그러더니 아가씨의 모습이 다시 눈앞에 나타났다. 조금 전에 밝게 웃던 모습은 어디론가 사라지고, 물에 흠뻑 젖은 채 추위와 두려움으로 어쩔 줄 몰라 하며 바들바들 떨고 있었다.

아마 산기슭에서, 아까 쏟아진 소나기로 인해 물이 불어난 소르그 냇물을 기를 쓰고 건너가려다가 그만 물에 빠진 모양이었다.

더욱 난처한 일은, 날이 어두워져서 집으로 돌아갈 생각은 아예 할 수도 없게 된 것이었다. 지름길이 있기는 했지만, 아가씨 혼자서 가기에는 무리였다. 그렇다고 내가 양떼를 여기에 내버려 두고 데려다 줄 수도 없는 노릇이었다.

산 위에서 밤을 새우는 것도 문제였지만, 무엇보다도 가족들이 걱정할 것이라는 생각 때문에 아가씨는 안절부절못했다. 나로서는 불안해하는 아가씨를 안심시키면서 최선을 다해 위로해 주는 것이 고작이었다.

"칠월이라 밤이 아주 짧습니다. 아가씨, 조금만 참으면 됩니다."

이렇게 달래놓고는, 서둘러서 모닥불을 피워 젖은 옷을 말리게 했다. 그리고는 양젖과 치즈를 가져다주었다.

그러나 가엾은 아가씨는 불을 쬐려고도, 무엇을 먹으려고도 하지 않았다. 아가씨의 눈에 구슬 같은 눈물이 고이는 걸 보자, 그만 나까지도 울고 싶어졌다.

사방이 완전히 어둠에 덮여 버렸다. 아득한 산꼭대기에 싸라기만큼 희미한 빛이 감돌고 있었고, 수증기 같은 한 줄기 빛이 서쪽 하늘에 비껴 있을 뿐이었다.

나는 아가씨에게 울 안에 들어가서 잠깐 쉬라고 했다. 깨끗한 짚 위에다 부드러운 양가죽을 깔고는 '안녕히 주무세요.'라고 인사한 다음, 나는 밖으로 나왔다.

비록 누추할망정, 그 잠든 얼굴을 신기한 듯이 들여다보는 양들 바로 곁에서 ― 어느 양보다도 귀하고 순결한 한 마리 양처럼 ― 주인댁 따님이 나의 보호를 받으며 마음 놓고 자고 있다는 생각을 하니, 가슴이 터질 것 같았다. 정말이지, 자랑스럽다는 생각 이외에는 아무 생각도 나지 않았다.

하느님은 아실 것이다! 물론 내 마음 한쪽 구석에서 강렬한 사랑의 불길이 타고 있었지만, 옳지 못한 생각 따위는 조금도 하지 않았다는 것을…….

밤하늘이 이처럼 깊고, 별들이 이처럼 찬란하게 빛나 보인 적이 지금까지 단 한번도 없었던 것 같았다.

그때 갑자기 울의 빗장이 삐꺽 열리더니, 아름다운 스테파네트 아가씨가 밖으로 나왔다. 아가씨는 잠을 이룰 수 없었던 모양이다. 양들이 짚 위에서 몸을 움직일 때마다 부스럭거리는 소리를 내는가 하면, 잠결에 '매' 하고 울음소리를 내는 녀석까지 있었으니까……. 그래서 차라리 모닥불 곁에 앉아서 밤을 새는 것이 낫겠다고 생각한 듯했다.

나는 아가씨 어깨 위에다 양가죽을 걸쳐준 다음, 모닥불에다 장작을 더 얹어 불이 활짝 피어나도록 불을 돋우었다. 그리고 아가씨와 나는 아무 말 없이 나란히 앉아 있었다.

만일 한번이라도 한데서 밤을 새워본 일이 있는 사람이라면, 세상 만물이 잠든 깊은 밤중에 또 다른 신비의 세계가 고요함과 적막 속에서 눈을 뜬다는 사실을 알고 있을 것이다. 그때 샘물은 훨씬 더 맑은 소리를 내며 흐르고, 연못에는 자그마한 불꽃들이 반짝인다. 산들의 온갖 정령들이 자유롭게 노닐며, 대기 속에서는 나뭇가지나 풀잎이 조금씩 자라는 듯한 소리가 들릴 듯 말 듯하게 스쳐 지나간다.

낮이 살아 있는 것들의 세상이라면, 밤은 무생물들의 세상이다. 때문에 이런 밤의 세계에 익숙하지 못한 사람들의 대부분은 두려워하기 마련이다. 그래서인지 스테파네트 아가씨도 바스락거리는 소리가 조금만 나도 소스라치게 놀라면서 내게로 바짝 다가와 앉곤 했다.

한번은 슬프게 우는 듯한 소리가 아래쪽 연못에서 메아리쳐 들려왔다. 바로 그 순간에, 아름다운 별똥별 하나가 우리 머리 위를 스쳐 지나갔다. 마치 방금 전에 들은 그 알 수 없는 외마디 소리가 별똥별을 이끌고 흘러가는 것 같았다.

"저게 뭐죠?"

스테파네트 아가씨가 나지막한 목소리로 물었다.

"천국으로 들어가는 영혼이랍니다."

이렇게 대답하고 나는 성호를 그었다.

아가씨도 나를 따라 성호를 긋고는, 잠시 고개를 들어 하늘을 쳐다보았다. 그리고는 경건한 표정을 지으며 생각에 잠기는 듯하다가, 불쑥 이렇게 묻는 것이었다.

"그런데 양치기들은 모두 점쟁이라면서요?"

"그렇지 않아요, 아가씨. 하지만 아무래도 별들과 가까이 지내다 보니, 평지에 사는 사람들보다는 훨씬 더 별에 대해서 많이 안다고 할 수 있죠."

스테파네트 아가씨는 꼼짝하지 않고 앉아 밤하늘을 바라보고 있었다. 손으로 턱을 괸 채 양가죽을 두르고 있는 모습은, 마치 천국의 귀여운 양치기 같았다.

"와! 정말 많다. 너무 아름다워……! 저렇게 많은 별을 보는 것은 생전 처음이에요. 그런데 저 별들의 이름을 모두 아나요?"

"그럼요, 아가씨. 자! 머리 위를 보세요. 바로 저것이 '성 야곱의 길(은하수)'이랍니다. 프랑스에서 곧장 스페인 상공으로 통하지요. 샤를마뉴 대왕께서 사라센 사람들과 전쟁을 할 때, 바로 갈리스의 성(聖) 야곱이 그 용감한 대왕께 길을 알려주기 위해서 그려 놓은 것이랍니다.

좀 더 저쪽에 있는 것은 '영혼의 수레(큰곰자리별)'랍니다. 반짝이는 바퀴 네 개가 보이지요? 그 앞에 있는 세 개의 별이 '세 마리 말'이고, 그 세 번째 별의 바로 옆에 붙어 있는 아주 작은 꼬마별이 '마부'랍니다. 그리고 그 둘레에 빗발처럼 내리 떨어지는 별무리가 보이죠? 그건 하느님께서 천국에 들이고 싶어 하지 않는 영혼들이랍니다.

거기서 조금 내려와서, 저것을 보십시오. 저것이 바로 '쇠스랑'이라고도 하는 삼왕성(오리온)이랍니다. 양치기들에게는 시계 구실을 해주는 별이지요. 그 별을 보면, 지금 시각이 자정이 지났다는 걸 알 수 있답니다.

그 아래 남쪽으로 좀 더 내려가면, 별들의 횃불인 '장 드 밀랑(시리우스, 큰개자리의 으뜸가는 별)'이 반짝이고 있습니다. 저 별에 관해서는 양치기들 사이에 다음과 같은 얘기가 전해지고 있답니다.

어느 날 밤, 장 드 밀랑은 삼왕성과 '병아리장(북두칠성)'들과 함께 그들 친구별의 결혼식에 초대를 받아 갔대요. 성급한 '병아리장'은 다른 사람들보다 먼저 떠나 윗길로 접어들었대요. 저 위쪽 하늘 한복판에 있는 별, 보이죠? 그러자 삼왕성은 좀 더 아랫길로 가로질러서 '병아리장'을 따라갔대요. 하지만 게으름뱅이 장 드 밀랑은 늦잠을 자다가 그만 맨 뒤로 처지고 말았답니다. 꼴찌가 된 그는 화를 몹시 내며, 그들을 멈추게 하기 위해 지팡이를 냅다 던졌대요. 그래서 삼왕성을 '장 드 밀랑의 지팡이'라고도 부른답니다.

…그렇지만 수많은 별들 가운데 가장 아름다운 별은 바로 우리들의 별이죠. 저 '양치기의 별' 말입니다. 우리가 새벽에 양떼를 몰고 나갈 때나 또는 저녁에 다시 몰고 돌아올 때, 한결같이 우리를 비춰주는 별이랍니다. 우리들은 그 별을 '마굴론'이라고도 부르지요. '프로방스의 피에르'를 찾아가서 칠 년 만에 한 번씩 결혼을 하는 아름다운 마굴론 말입니다."

"어머! 그럼 별들도 결혼을 하나요?"

"물론이죠, 아가씨."

그 결혼이라는 게 어떤 것인지를 이야기해 주려고 하고 있을 때, 무엇인가 싸늘하고 부드러운 것이 살며시 내 어깨를 누르는 것 같았다. 그것은 졸음을 참지 못하고 잠든 스테파네트 아가씨의 머리였다. 리본과 레이스와 구불구불한 머리카락을 앙증스럽게 비벼대며, 내 어깨에 머리를 가만히 기대어 온 것이었다.

　아가씨는 훤하게 먼동이 터 올라 하늘의 별들이 하나 둘씩 스러질 때까지 꼼짝하지 않은 채 그대로 기대어 있었다.

　나는 가슴이 설렘을 어쩔 수 없었지만, 그래도 오직 아름다운 것만을 생각하게 해주는 밤하늘의 비호를 받으며 잠든 아가씨의 얼굴을 지켜보았다.

　그리고 우리 주위에는 헤아릴 수 없이 많은 별들이 양떼처럼 고분고분하게 소리 없이 흘러가고 있었다.

　나는 그 모습을 보면서 이런 상상을 해보았다.

　저 수많은 별들 중에 가장 아름답게 빛나는 별 하나가 그만 길을 잃고 헤매다가 지친 나머지, 내 어깨에 내려앉아 고이 잠들어 있노라고…….

# 코르니유 영감의 비밀

밤이면 가끔 우리 집에 놀러오는 영감님이 있었다. 피리를 부는 프랑세마마이라는 영감님이었다.

그는 가끔 내게 이런저런 이야기를 들려주며 밤을 꼬박 새우기도 했다.

어느 날 밤, 그는 따뜻한 뱅퀴(포도즙에 향료를 넣어 끓인 일종의 포도 시럽)를 마시면서 오래전에 이 마을에서 있었던 서글프고 가슴 저린 이야기를 들려주었다.

20년 전에 일어난 그 일은, 내가 지금 살고 있는 풍차 방앗간과도 관계있는 이야기였다.

영감님의 이야기는 몹시 감동적이었다. 나는 그 이야기를 그대로 전해 주려고 한다.

향기로운 와인이 담긴 항아리를 앞에 놓고, 피리 부는 영감님의 이야기를 직접 듣는다고 상상해 봐라. 잠시 동안이나마 마음의 고향을 여행하는 기분에 잠길 수 있을 것이다.

이 마을은 원래 이렇게 활기가 없고 노랫소리도 들리지 않는 쓸쓸한 곳이 아니었네. 옛날, 이 마을에서는 가루방아 찧는 일이 번창하여 사방 백 리 안에 있는 농부들이 밀을 빻기 위해 몰려들곤 했다네.

마을을 둘러싼 언덕에는 어디 가릴 것 없이 온통 풍차 방앗간이 서 있었네. 오른쪽이든 왼쪽이든, 솔밭을 넘어 눈에 들어오는 것은 미스트랑(프로방스 지방의 론 강 유역에서 불어대는 거센 북풍)을 받아 신나게 돌아가고 있는 풍차뿐이었네.

밀가루 포대를 짊어진 작은 나귀들의 기다란 행렬이 언덕을 오르내리는 모습을 상상해 보게나. 일주일 내내 언덕 위에서 울리는 채찍 소리와 풍차 날개가 천을 펄럭이며 돌아가는 소리, 방앗간 일꾼들이 흥에 겨워 '이랴, 이랴' 하며 나귀를 모는 소리 등을 듣는 것이 얼마나 즐거운 일이었는지……

일요일이 되면, 마을 사람들은 떼를 지어 풍차 방앗간으로 몰려가곤 했었지. 그러면 언덕 위에서는 풍차 방앗간 주인들이 머스캣(포도주의 한 종류)을 대접해 주곤 했네. 그뿐인가. 방앗간 안주인들은 레이스 달린 숄을 어깨에 걸치고 목에 금빛 십자가 목걸이를 늘어뜨리고는 마치 여왕처럼 우아한 모습으로 우리를 맞이해 주곤 했지.

이런 이야기를 하는 나도 피리를 가지고 갔었지. 우리는 해가 져서 어두워질 때까지 파랑돌(프로방스 지방 고유의 춤)을 추며 즐거운 시간을 보내곤 했네. 풍차 방앗간이 우리 마음을 즐겁게 해주고, 이 마을의 기쁨과 발전을 가져다주는 역할을 했던 거지.

그런데 불행하게도 파리 사람들이 타라스콩 길가에 제분 공장을 세웠네. 공장이 세워지기가 무섭게 새로운 것이라면 무조건 좋아하는 사람들이 제분 공장으로 밀을 가지고 가더군. 그래서 풍차 방앗간은 일거리를 잃어버리고 말았지.

그래도 한동안은 제분 공장과 경쟁하려고 무척 애를 썼네. 하지만 증기로 일을 하는 제분 공장을 당해낼 도리가 없었지. 애석한 일이었지만, 하나둘씩 차례차례로 문을 닫을 수밖에……

더 이상 귀여운 나귀들도 오지 않았고, 방앗간집 안주인들은 아름다운 금빛 십자가 목걸이를 팔아야만 했네. 그 후론 머스캣도 맛볼 수 없었고, 파랑돌도 다시는 구경할 수 없게 되어 버린 거지. 물론 미스트랄 바람이 불어대도 풍차는 돌지 않았지.

그러던 어느 날부터, 마을에서는 더 이상 필요가 없어진 방앗간을 헐어내고 그 자리에다 포도나무와 올리브나무를 심기 시작했네.

그런데 이렇게 모든 풍차 방앗간이 차례로 헐려나가는 데도, 제분 공장 바로 옆 언덕 위에 있는 단 한 채의 풍차 방앗간만은 보란 듯이 당당하게 버티고 서서 씩씩하게 돌고 있었네. 이것이 바로 내가 지금부터 얘기하려는 코르니유 영감님의 풍차 방앗간 이라네.

코르니유 영감님은 그 풍차 방앗간에서 60년 이상을 한결같이 밀만 빻으며 열심히 살아온 사람이었지. 그런데 제분 공장이 들어서면서 상황이 바뀌자, 노인은 반미치광이처럼 변해 버렸네.

영감님은 마을 사람들을 설득시키려고 꼬박 일주일간을 돌아다니면서 갖은 애를 썼지만 아무 소용이 없었네.

"저놈들은 제분 공장의 밀가루로 우리 프로방스 사람들을 독살시키려 한다구. 절대로 그놈들한테 가선 안 돼! 그 악당들은 빵을 만드는 데 증기를 쓴단 말이야. 그런 것은 악마가 만들어 낸 거라구. 하지만 나는 미스트랄과 트라몽탄(북풍)을 이용해서 일을 하고 있지 않나. 은혜로운 하느님의 숨결로 말이야……."

이렇게 있는 힘을 다해 외치면서 풍차 방앗간의 좋은 점을 늘어놓았지만, 어느 누구도 영감님의 말에 귀를 기울이지 않았네.

머리끝까지 화가 난 노인은 마치 사람을 싫어하는 들짐승처럼 풍차 방앗간에 틀어박혀서 밖으로 나오질 않았네. 얼마나 상심했는지, 부모를 일찍 여의고 노인과 단둘이 살고 있는 열다섯 살먹은 손녀딸인 비베트마저 곁에 두려고 하지 않았네.

그렇게 되자, 가엾은 비베트는 스스로 살길을 찾지 않으면 안되었네. 할 수 없이 이 집 저 집을 돌아다니며 밀 수확이라든가

24

누에치기 또는 올리브 열매 따는 일을 거들어주면서 생활할 수밖
에 없었지.

그래도 영감님은 손녀를 무척 귀여워했던 것 같더군. 햇볕이
쨍쨍 내리쬐는 길을 사십 리나 걸어서 손녀가 일하고 있는 농가
를 찾아가곤 했으니까. 손녀를 만나면, 노인은 눈물이 가득 고인
눈으로 손녀의 얼굴을 몇 시간이고 바라보다가 힘없이 돌아오곤
했지.

마을 사람들은 코르니유 영감이 구두쇠라서 비베트를 쫓아냈
다고 생각했네. 남의 집 일을 하다보면, 하인 녀석들이 온갖 짓궂

은 장난을 거는 것은 물론이고 갖은 구박을 받을 수도 있지 않겠
는가. 그럼에도 노인이 어린 손녀를 내보내서 남의 집 일을 시킨
다고 생각했기 때문에, 그 노인을 이해하려 하거나 좋게 보는
사람이 없었지.

예전의 코르니유 영감님은 아무리 힘이 들어도 신사다운 모습
을 잃는 법이 없었기에, 마을 사람들로부터 존경을 받아왔었지.
그런데 언젠가부터 구멍 뚫린 두건을 쓰고 너덜너덜 해진 누더기
를 걸친 채 맨발로 돌아다니니까, 사람들이 기겁을 하면서 피하
더군.

사실, 나이가 지긋하게 든 우리들마저도 초라한 차림을 한 영
감님이 주일날 미사에 참석하려고 성당에 나타나면 부끄러운
생각이 들어서 피하곤 했네. 코르니유 영감님도 그런 눈치를 챘
는지, 얼마 뒤부터는 진행 위원들이 앉는 자리 부근에는 가까이
오질 않더군. 대신에 주로 가난한 사람들이 모여 있는 자리에
함께 앉곤 했지.

그런데 코르니유 영감님의 생활에는 뭔가 이해하기 어려운
구석이 있었네. 이미 오래전부터 마을에서는 밀을 가져가는 사람
이 아무도 없었는데, 영감님의 풍차는 멈추는 일 없이 예전처럼
계속 돌아가고 있었거든. 그런가 하면 저녁때 나귀의 등에 큰
포대를 잔뜩 싣고 가는 영감님을 길에서 만난 일도 있었으니까.

"안녕하세요, 코르니유 영감님."

지나가던 마을 사람들은 친절하게 말을 건네며 묻곤 했지.

"일은 여전히 잘 되시나요?"

"물론이지. 이 사람들아, 자네들 덕분에 일거리가 떨어지질 않는군."

영감님은 늘 활기 있게 대답하곤 했네.

누군가가 그렇게 많은 일거리를 어디서 주문받느냐고 물으면, 입술에 손가락을 대며 사뭇 진지한 얼굴로 이렇게 대답하는 것이었네.

"쉬잇! 이건 수출하는 일거리라네."

그러나 그 이상의 이야기는 결코 들을 수가 없었네. 물론 그의 풍차 방앗간 안을 들여다보는 것은 어림없는 일이었지. 손녀딸 비베트조차도 들어갈 수 없었으니까.

방앗간 앞을 지나갈 때마다 목을 길게 빼고 기웃거렸지만, 방앗간 문은 언제나 굳게 잠겨 있었네. 하지만 커다란 풍차는 여전히 돌아가고 있었지. 그런가 하면 한쪽 마당에서 늙은 나귀는 한가롭게 풀을 뜯어먹고 있었고, 바싹 마른 커다란 고양이가 창틀 위에서 햇볕을 쬐며 지나가는 사람들을 흘끔거리며 쳐다보고 있었네.

아무리 주의 깊게 살펴도 상황을 짐작할 수 없게 된 마을 사람들은 제가끔 입방아를 찧기 시작했네. 그러다 보니 여러 가지 소문이 무성하게 퍼지는 가운데, 코르니유 영감의 비밀을 저마다 상상하느라 바빴었지. 심지어는 풍차 방앗간 안에 밀가루 포대보다 더 많은 금화 자루가 있을 거라는 얘기까지 나돌 정도였으니까.

시간이 지남에 따라 그 비밀이 마침내 드러났는데, 그 사연은 이렇다네.

어느 날, 내가 부는 피리 소리에 맞추어 젊은이들이 홍겹게 춤을 추며 즐거운 시간을 보낸 적이 있었지. 그때 그들이 춤추는 모습을 바라보는 중에, 나는 우리 집 큰아들과 비베트가 서로 좋아한다는 것을 눈치챘네.

하지만 나는 그 문제에 대해 당황해지 않았네. 이러니저러니 말이 많긴 해도, 이 마을에서 존경받던 코르니유 노인과 사돈을 맺는다는 것은 오히려 자랑할 만한 일이었으니까. 게다가 귀여운 참새 같은 비베트가 집안을 활기차게 돌아다니는 모습을 보게 되는 것은 무척 기쁜 일이었으니 말이네.

나는 이들 둘이 자주 만나는 것을 보고, 혹시라도 중간에 잘못된 일이라도 생기면 큰일이다 싶어 하루라도 빨리 결혼 이야기를 마무리 지어야겠다고 생각했네. 그래서 코르니유 영감님에게 이 사실을 알린 다음, 자세한 절차를 의논해야겠다고 마음먹고 풍차 방앗간으로 올라갔네.

아, 그런데 이 고약한 노인네가 나를 어떻게 대했는지 아는가? 영감님은 문을 열어줄 생각조차 하지 않더군. 할 수 없이 열쇠

구멍에다 대고 용건을 얘기할 수밖에 없었네. 내가 열쇠 구멍 앞에서 얘기를 하고 있는 동안, 머리 위에서 말라빠진 고양이 녀석이 악마처럼 '야옹, 야옹' 하며 계속 울어대는데 참으로 기가 막히더군.

그런데 노인은 내 말이 채 끝나기도 전에 무례한 태도로 호통을 치는 것이 아니겠나.

"피리나 불면서 지내지, 뭐 하러 왔나! 당장 돌아가게!"

뿐만 아니라, 듣기에 민망한 말까지 서슴지 않고 해대더군.

"그렇게 서둘러서 아들을 결혼시키고 싶으면, 제분 공장에 가서 아가씨를 찾아보면 될 거 아닌가!"

영감님의 모욕적인 말에 몹시 화가 났지만, 나는 참는 것이 현명한 일이라고 생각하고 치밀어 오르는 화를 누르며 집으로 돌아왔지.

집에 돌아온 나는 두 아이를 불러, 풍차 방앗간에 갔었지만 할아버지와 얘기가 잘 되지 않았다는 이야기를 들려줬네. 그러자 그 가엾은 아이들은 그 말을 믿을 수 없었는지, 자신들이 할아버지를 찾아가서 직접 하소연해 보겠다고 사정을 하더군.

나는 말릴 기운도 없었지만, 딱히 거절할 이유도 없었네. 내가 아무 말도 하지 않자, 두 아이는 그걸 승낙한 것이라고 여겼는지 눈 깜짝할 사이에 풍차 방앗간으로 달려가더군.

두 아이가 언덕 위에 닿았을 때, 코르니유 영감은 마침 밖에 나가고 없었다네. 그런데 문은 두 겹으로 단단히 잠겨 있는데, 깜빡 잊고 그냥 두었는지 사다리가 밖에 놓여 있었다고 하더군. 아이들은 그걸 보는 순간, 창문을 통해 안으로 들어가면 풍차 방앗간 안을 볼 수 있으리라고 생각하고 바로 실행에 옮겼겠지.

그런데 이게 웬일인가. 방앗간 안이 텅 비어 있으니 말이야. 포대 하나 밀 한 톨도 없이……. 벽에는 거미줄이 쳐 있었지만, 어디에도 밀가루는 전혀 묻어 있지 않았다네. 밀가루를 빻을 때 나는 구수하고 따뜻한 냄새도 전혀 맡아볼 수 없었고……. 다만, 말라빠진 커다란 고양이가 잔뜩 먼지를 뒤집어쓴 풍차의 굴대 위에서 세상모르고 잠을 자고 있었다고 하더군.

아래층의 방도 황폐한 모습으로 버려져 있기는 마찬가지였네. 삐걱거리는 침대 위에는 때 묻은 이불과 옷가지가 널려 있었고, 층계 위에는 빵 조각이 버려져 있고……. 또 구석에는 구멍 뚫린 자루가 서너 개 놓여 있었는데, 그 구멍으로 벽에서 떨어진 석회 부스러기와 하얀 흙덩이가 삐쳐 나와 있더래.

바로 이것이 코르니유 영감님의 비밀이었던 거지. 풍차 방앗간의 면목을 세우고, 그곳에서 밀을 빻고 있다는 인상을 주기 위해 영감님이 밤마다 나귀에 싣고 왔다 갔다 한 것은 석회 부스러기와 하얀 흙덩이가 담긴 자루였던 거지.

아, 불쌍한 풍차 방앗간! 가엾은 코르니유 영감님!

제분 공장이 이미 오래전에 그들의 손님을 모두 빼앗아 갔지만, 풍차는 변함없이 돌고 있었지. 하지만 방아는 헛바퀴만 돌고 있었던 거라네.

두 아이는 눈물에 흠뻑 젖어 돌아와, 나에게 자신들이 본 것을 상세하게 얘길 하더군. 그 말을 듣고 나는 가슴이 찢어들 듯이 아팠네.

나는 마음을 추스른 후, 마을 사람들을 찾아다니며 이 사실을 이야기했네. 그러자 저마다 감동을 받은 마을 사람들이 각자의 집에 있는 밀을 몽땅 모아서 코르니유 영감님의 풍차 방앗간으로 가져가자고 의견을 모으더군.

우리는 지체하지 않고 실행에 옮겼네. 마을의 모든 사람들이 풍차 방앗간으로 출발했지. 틀림없는 진짜 밀을 실은 나귀와 마을사람들의 행렬이 언덕에 길게 이어진 모습을 상상해 보게나.

풍차 방앗간의 문은 활짝 열려 있었네. 그래서 안으로 들어가 보니 코르니유 영감님이 석회 부스러기 등이 담긴 포대 위에 앉아서 두 손으로 얼굴을 감싸고 울고 있더군. 집에 돌아온 영감님은, 집을 비운 사이에 누군가 방앗간 안에 들어와서 그의 서글픈 비밀을 알아냈다는 사실을 알게 된 거지.

"아, 이 노릇을 어쩐다 말인가……."

영감님은 비탄에 잠긴 목소리로 중얼거리고 있었네.

"이젠 죽을 수밖에 없구나. 이제 풍차 방앗간의 명예는 찾을 수가 없어."

영감님은 마치 사람에게 이야기하는 것처럼 풍차에게 말을 건네며 하염없이 눈물을 흘리더군.

그때, 나귀의 행렬이 방앗간 앞마당에 도착했네. 우리는 풍차 방앗간이 시끌벅적하게 일하던 그때처럼 다함께 입을 모아 크게 소리쳤지.

"여기 밀 빻으러 왔어요. 영감님! 밀 안 빻아요?"

문 앞에는 순식간에 밀을 담은 자루가 산더미를 이루고, 아름 다운 황금빛 밀알이 땅 위 여기저기에 흩어졌지.

그러자 깜짝 놀란 코르니유 영감님의 두 눈이 휘둥그레지더니, 주름지고 거칠어진 손으로 밀을 집으며 울음 섞인 목소리로 소리 치더군.

"밀, 밀이구나! 훌륭하네! 정말 좋은 밀이야! 어디 자세히 좀 보자구!"

그리고 나서 눈물이 그렁그렁한 눈으로 우리를 바라보며 말 했네.

"아아, 난 자네들이 틀림없이 날 다시 찾아오리라는 것을 알고 있었네. ……저 제분 공장 녀석들은 모두 도둑놈이라구!"

우리는 영감님을 헹가래치며 마을로 데려가려고 했지. 그러자 영감님이 이렇게 말하더군.

"아냐, 아냐. 여보게들, 무엇보다 먼저 풍차에게 밀을 먹여주어 야만 하네. 생각해 보게나. 이 녀석이 아무것도 먹지 못한지가 얼마나 되었는지를……."

우리는 다같이 밀이 빻아지고 가루가 천장으로 솟구쳐 오르는 광경을 바라보았지. 가엾은 영감님이 이리저리 포대를 옮기다가 주둥이를 열어보는가 하면, 방아를 살피느라 허둥지둥하는 모습을 보는 사람들 눈에서 눈물이 흥건히 흘러내렸지 뭔가.

마을 사람들은 정말로 좋은 일을 한 거지. 그날부터 코르니유 영감님은 하루도 쉬지 않고 일을 했네. 그러던 어느 날 아침, 코르니유 영감님은 자신이 생명처럼 아꼈던 풍차 방앗간에서 조용히 세상을 떠나셨네. 우리 마을의 마지막 풍차가 이번에야말로 영원히 멈추게 되었던 거지.

코르니유 영감님이 세상을 떠난 뒤로는 그 뒤를 이을 사람이 아무도 없었네. 안타까운 일이지만, 어쩔 수 없는 것 아니겠나. 무슨 일이든 종말이 있게 마련이니까…….

론 강의 나룻배라든가, 고을 원님의 화려한 행차라든가, 동네 처녀들이 너도나도 입던 꽃무늬 원피스의 시대가 지나가는 것처럼, 풍차의 시대도 지나갔다고 생각할 수밖에…….

# 고세 신부의 불로장생주

"자, 한번 마셔보세요. 정말 놀라실 겁니다."

그라보송 사제는 황금빛이 돌면서 그윽한 향을 풍기는 푸른색의 따뜻한 액체를 마치 진주를 세는 보석공처럼 세심하게 주의를 기울이며 나에게 조금 따라주었다. 때문에 나의 위장은 매우 행복해졌다.

"이것이 바로 그 유명한 고세 신부의 불로장생주랍니다. 우리 프로방스 지방의 활력이며, 기쁨이지요."

사람 좋은 사제는 아주 자랑스러운 듯이 술병을 들어 보이며 나에게 이렇게 말했다.

"이 술은 당신이 살고 있는 이 풍차 방앗간에서 한 이십 리쯤 떨어진 프레몽트레 수도원에서 만들어진 것입니다. 이 세상의 어떤 술보다도 귀한 술이지요. 또한 이 술이 만들어진 유래가 아주 재미있는데, 한번 들어보시겠습니까?"

빳빳하게 손질된 새하얀 커튼이 쳐진 소박하고 조용한 사제관의 식당에는 십자가를 짊어진 그리스도를 그린 작은 그림들이 걸려 있었다. 그라보송 사제는 에라스무스나 다스시식으로 다소 회의적이며 불경스럽게 들릴 수도 있는 이야기를 시작했다.

20여 년 전, 프로방스 사람들이 백의의 신부라고 불렀던 프레몽트레 수도사들이 커다란 곤경에 빠진 적이 있습니다. 만약 그 당시의 수도원을 여러분이 보았다면, 무척 가슴 아파했을 것입니다.

수도원의 높은 벽과 그 위의 첨탑이 모두 허물어졌으니까요. 뿐만 아니라 수도원 주위에는 온갖 잡초들이 무성하게 자랐고, 작은 기둥들이 흔들리기 시작했으며, 벽장 속에 모셔놓은 성인의 석상들도 금이 가서 갈라지고 있었지요. 창에 달린 유리창이 깨져 달아난 것은 물론이고 문짝마저도 모조리 부서져서 못 하나 변변하게 박을 자리도 없었습니다.

마치 카마르그 지방을 휩쓸 듯한 기세로 몰아닥친 론 강의 거센 바람에 의해 수도원의 촛불이 꺼졌으며, 유리창에 장식해 놓은 납 장식이 망가졌고, 성수 그릇에 담긴 물이 쏟아졌습니다.

그러나 무엇보다도 난감하고 막막했던 건 텅 빈 비둘기 집처럼 조용한 수도원의 종루였습니다. 하지만 신부들은 새 종을 살 돈이 없었기에, 아침 미사시간을 알릴 때도 종 대신에 은행나무를 딱딱거리며 쳐야 했습니다.

아, 그 가엾은 백의의 신부들……. 수박과 구연산밖에 먹지 못해 창백하게 여윈 그들이 남루한 외투를 걸치고 줄지어서 걷던 모습이 아직도 눈앞에 보이는 듯합니다. 칠이 벗겨진 지팡이와 좀이 슨 양털모자를 쓴 수도원 원장은 그러한 자신의 모습을 보이기가 부끄러운지, 행렬의 맨 뒤에서 고개를 떨어뜨린 채 걸어갔습니다. 신자들 중 부인들은 안타까운 마음에 눈물을 흘리며 뒤를 따랐지만, 구경꾼들 중에는 손가락질을 하며 낮은 목소리로 비웃는 사람들도 있었답니다.

"찌르레기가 떼를 지어 몰려다니면 여위는 법이지."

차라리 제각기 흩어져서 먹을 것을 구하는 것이 더 낫지 않을까 하는 생각이 들 정도로, 신부들은 여위고 지쳐 보였습니다.

그러던 어느 날, 참사회에서 이 문제를 중대 사안으로 삼아 논의하게 되었습니다. 그때 고세 신부가 자신도 회의에 참석하여 의견을 말하고 싶다고 했습니다. 참고로 말하자면, 고세 신부는 수도원의 소를 치는 소지기였습니다.

그는 비쩍 마른 젖소 두 마리를 몰고 다니며 돌 틈에서 자란 풀을 먹이는 것이 일이었지요. 때문에 수도원 양쪽에 있는 통로를 수도 없이 왔다 갔다 하면서 하루하루를 보냈습니다.

이 고세 신부는 '베공'이라고 불리는 정신이 혼미한 노파 밑에서 열두 살까지 자랐으며, 그 후에는 수도사들이 맡아서 키웠습니다. 그래서인지 주기도문을 외우고 짐승을 기르는 일 이외에는 할 줄 아는 것이 아무것도 없었습니다. 한마디로, 그의 머리는 사용한 적이 없는 녹슨 칼처럼 무디고 둔했던 거죠.

또한 그는 자주 공상에 빠지곤 했지만 신을 향한 믿음만은 매우 신실하여, 흔들리지 않는 믿음으로 규율을 철저히 지키면서 열심히 일했습니다.

그런데 단순하다 못해 어리석기까지 한 그가 참사회의 회의실로 뛰어 들어와 한 발을 뒤로한 채 회원들에게 인사를 하자, 원장을 비롯한 참사회원과 재무관들이 일제히 웃음을 터뜨렸습니다. 머리가 희끗희끗 센 그가 염소수염까지 기르고 얼빠진 듯한 모습으로 나타나면 사람들이 언제나 수군거리며 웃곤 했기에, 고세 신부는 사람들의 그러한 태도를 보고도 놀라지 않았습니다.

그는 올리브 열매로 만든 묵주를 만지작거리면서 선량한 음성으로 말했습니다.

"여러분! 속이 비어 있는 깡통일수록 더 요란한 소리를 낸다는 말이 있는데, 그건 옳은 말입니다. 한번 생각해 보세요. 제가 빈 깡통처럼 텅 빈 머리통을 짜내어 우리 모두의 고통을 없앨 방법을 찾아냈습니다. 자, 지금부터 제가 하는 말을 잘 들어보세요. 어렸을 때 저를 길러주신 베공 아주머니를 여러분도 아실 겁니다. ― 주여, 술을 마시고는 이상한 노래를 불러대던 저 가엾은 노파의 영혼을 지켜주소서! ― 베공 아주머니는 살아 있는 동안

에 코르시카 섬의 약초에 대해서라면 모르는 것이 없었습니다. 그곳에 살고 있는 티티새보다도 더 많이 알고 있을 정도였죠. 돌아가시기 얼마 전에, 아주머니는 저와 함께 약초를 캐러 알피유 산에 갔었습니다. 그때 우리는 그곳에서 대여섯 가지의 약초를 캐왔는데, 아주머니는 그것으로 불로장생주를 담그셨습니다. 벌써 수십 년 전의 일이지만, 성(聖) 어거스틴의 도움과 원장님의 허락만 있다면 잘 연구하여 신비한 불로장생주의 제조법을 알아낼 수 있을 것 같습니다. 제조법만 알아낸다면, 그 방법대로 술을 담가 병에 담으면 비싸게 팔 수 있을 겁니다. 그렇게만 되면, 우리 수도원도 트라프나 그랑드의 수도자들처럼 쉽게 돈을 벌 수 있게 될 것입니다만……."

그는 자신이 하려던 이야기를 끝까지 할 수가 없었습니다. 흥분한 원장이 자리에서 일어나 그의 목을 끌어안았을 뿐만 아니라 참사회원들이 그의 손을 붙잡았기 때문입니다. 특히 재무관은 누구보다도 감동하여 그의 낡은 외투 자락에 입을 맞추기까지 했습니다.

잠시 후, 그들은 각기 제자리로 돌아가 회의를 계속했습니다. 회의에서는, 고세 신부가 불로장생주 제조에 전력을 기울여야 하므로 그가 키우던 젖소들은 트라시빌 신부에게 맡기기로 결정했습니다.


착하기만 한 고세 신부가 베공 아주머니가 만들었던 술 제조법을 알아내기 위해 얼마나 노력했으며, 얼마나 많은 밤을 지새웠는지에 대한 이야기는 전해지지 않고 있습니다. 하지만 분명한 것은 그로부터 6개월이 지나자, 고세 신부가 만든 불로장생주가 세상에 널리 알려졌다는 사실입니다.

불로장생주가 담긴 조그마한 갈색토기 병에는 프로방스 지방의 문양과 황홀경에 빠진 수도사의 모습이 그려진 은(銀) 라벨이 붙어 있었는데, 아비뇽 지방이나 아를르 지방의 농가 광 속에는 포도주병과 올리브 장아찌 항아리 사이에 이 갈색토기 병이 자리를 차지하게 되었습니다.

불로장생주가 널리 알려지게 되자, 프레몽트레 수도원은 갑자기 부자가 되었습니다. 허물어졌던 수도원의 첨탑을 다시 세우고, 수도원 창에는 아름답게 세공한 색유리를 끼웠습니다. 또한 수도원 원장은 낡은 모자 대신에 새 모자를 썼습니다. 그리고 부활절 아침이 되자, 곱게 단장한 종루에서는 크고 작은 종들이 일제히 울렸습니다.

예전의 고세 신부는 촌스럽고 둔해서 회의석상을 늘 웃음의 도가니로 몰아넣었지만, 이제 그런 것은 전혀 문제가 되지 않았습니다. 오히려 똑똑하고 박식한 신부로 대접받게 되었답니다.

그는 수도원의 자질구레한 일들에서 완전히 벗어나, 온종일 불로장생주를 만드는 주조장 안에 틀어박혀서 지냈습니다. 그런 반면, 30명의 수도사들은 불로장생주의 원료가 되는 약초를 찾으러 산을 헤매고 다녔습니다.

정원 맨 끝에 자리한 황폐한 옛 성당을 주조장으로 사용했는데, 이곳은 수도원 원장도 마음대로 출입할 수 없도록 통제되었습니다. 단순하고 착한 신부들은 그곳에 무엇인가 신비한 것이 있다고 믿고 있었습니다. 간혹 대담하고 호기심 많은 어린 수도사들이 벽을 타고 뻗어 올라간 포도 덩굴을 잡고 그곳의 창문까지 기어 올라갔으나, 불로장생주를 제조하기 위해 뜨거운 화덕 위에 몸을 굽히고 있는 고세 신부의 모습을 보고는 놀라서 그대로 굴러 떨어지곤 했습니다.

고세 신부는 마술사처럼 수염을 기르고 있었고, 손에는 항상

저울이 들려 있었다고 합니다. 그리고 그의 주위에는 붉은 사암으로 만든 증류기와 커다란 증류관 그리고 뱀 모양의 관 등 기묘하고 이상한 것들이 잔뜩 흩어져 있었는데, 그 모든 것들이 유리창을 통해 들어오는 붉은 햇빛 속에서 신비롭게 불타고 있는 것처럼 보였다고 합니다.

그렇게 하루를 보내다가 해가 질 무렵에 저녁 종소리가 울리면, 고세 신부는 조용히 그 건물을 나와 저녁 미사를 드리기 위해 성당으로 갔습니다. 그가 지나갈 때 사람들로부터 환영받는 모습은 정말 대단했습니다. 수도사들은 통로에 일렬로 늘어서서 그를 맞이하곤 했으니까요.

"쉿! 우리 수도원을 살린 분이셔!"

재무관은 아예 고개를 숙인 채 그의 뒤를 따랐습니다. 고세 신부는 차양이 넓은 모자를 후광처럼 등 뒤에 붙이고는, 아첨하는 사람들 사이를 지나가며 땀을 닦곤 했습니다. 오렌지나무가 심어져 있는 넓은 뜰과 바람개비가 돌아가고 있는 파란 지붕 그리고 아름다운 꽃으로 단장된 수도원의 둥근 기둥들 사이로 지나가는 참사회원들의 평화로운 모습을 그는 몹시 흡족해하며 바라보곤 했습니다.

"이 모든 것이 내 덕분이지!"

고세 신부는 마음속으로 이렇게 중얼거렸습니다. 그런데 이런 생각을 할 때마다 그는 점점 더 교만해지기 시작했습니다.

가엾게도, 이로 인해 그는 벌을 받게 되었습니다. 자, 이제부터 하는 이야기를 계속해서 들어보세요.

어느 날 저녁, 한참 미사가 진행되고 있는데 몹시 흥분한 고세 신부가 갑자기 성당 안으로 뛰어들었습니다. 얼굴이 벌겋게 달아오른 그는 수건을 비스듬히 두른 채 헐레벌떡 들어와서는 성수에 소매를 팔꿈치까지 적셨습니다. 사람들은 그가 미사 시간에 늦어 당황해서 그런 줄로만 알았습니다.

그러나 그는 제단에 절을 하는 것이 아니라 풍금과 설교대를 향해 큰절을 하고는 재빨리 성당 안으로 들어가더니, 자신의 자리를 찾지 못하고 한참 동안을 서성거렸습니다. 간신히 자리에 앉은 그가 멀쩡한 표정으로 태평스럽게 웃으면서 머리를 좌우로 흔들어대자, 그 모습을 보고 있던 사람들이 놀라워하면서 수군대기 시작했습니다.

"고세 신부가 왜 저럴까? 무슨 일이 생긴 걸까?"

주위가 소란스러워지자, 화가 난 원장은 조용히 하라는 뜻으로 돌로 된 바닥을 지팡이로 두 번이나 두들겼습니다. 그런 와중에도 성가대의 성가는 계속되었지만, 노랫소리는 어쩐지 힘이 빠져 있었습니다.

그런데 갑자기 고세 신부가 자리에서 일어서더니 우렁찬 목소리로 노래를 부르기 시작했습니다.

"파리에는 백의의 신부가 있었다네. 파타텡 파타탕 파타라뱅 타라방."

"어서 고세 신부를 끌어내! 귀신이 들렸어!"

누군가가 이렇게 소리치자, 모두들 깜짝 놀라 자리에서 일어서고 말았습니다.

미사는 중단되었고, 참사회원들은 성호경을 그었으며, 원장의 지팡이는 흔들었습니다. 하지만 고세 신부는 아무것도 보이지 않는 듯했고, 아무것도 듣지 못하는 것 같았습니다. 힘센 수도사 두 사람이 달려들어 그를 작은 뒷문으로 끌고 나갔습니다. 그는 마치 마귀를 쫓는 사람처럼 온몸을 뒤틀면서 더욱 큰소리로 "파타텡 타라방……"을 계속하고 있었습니다.

다음 날 새벽이 되자, 고세 신부는 원장의 기도실에 무릎을 꿇고 앉아 자기가 지은 죄를 참회하며 눈물을 흘렸습니다.

"불로장생주가 저를 이렇게 만들었습니다. 원장님, 절 농락한 건 저 술이랍니다."

그가 가슴을 치며 통곡하자, 그 모습을 본 수도원 원장은 몹시 감동했습니다.

"자, 고세 신부. 이제 그만 진정하시오. 어제 있었던 일은 해가 뜨면 이슬이 없어지는 것처럼 그렇게 사라질 거요. 당신이 생각하는 것처럼 그렇게 큰 실수를 저지른 것은 아니니까. 노래가 좀 문제가 있긴 하지만…… 흠, 흠! 이 사실이 초심자들의 귀에는 들어가지 말아야 할 텐데……. 자 이제, 왜 그런 행동을 했는지를 말해 보시오. 술을 시음한다는 것이 그만 너무 지나쳤던 게 아니오? 과음을 했던 것 같소. 분명히 그럴 거요. 화약을 발명한 슈바르츠 신부처럼 당신도 당신의 발명품에 피해를 입은 것 같구려. 자, 어떻게 된 일인지 들어봅시다. 당신을 실수하게 만들었던 저 술을 반드시 당신이 시음해야 되는 거요?"

"네, 불행하게도 그렇습니다. 시험관으로 술의 강도와 배합 비율을 맞출 수는 있지만, 감미로운 맛을 내기 위해서는 제 혀를 빌리는 수밖에 도리가 없습니다."

"아, 그렇군요. 하지만 내 말을 좀 더 들어보시오. 반드시 당신이 그 술을 시음해야 된다고 했는데, 시음할 때마다 당신은 그 맛이 좋다는 것을 느낍니까? 술을 마시면 기분이 좋아집니까?"

"네, 그렇습니다."

고세 신부는 얼굴을 붉히면서 대답했습니다.

"지난 이틀 밤 동안, 그 맛과 향이 얼마나 좋던지 기가 막힐 지경이었습니다. 저를 이렇게 만든 건 틀림없이 악마의 수작입니다. 그래서 앞으로는 시험관 외에는 절대로 사용하지 않을 작정입니다. 술맛이 떨어지거나 진주 방울이 일지 않는다 하더라도 할 수 없지 않습니까."

그러자 원장이 급히 고세 신부의 말을 막으며 말했습니다.

"좀 더 신중하게 생각해 보시오. 고객들의 기분을 상하게 한다는 것은 말이 안 되지요. 앞으로 당신 스스로가 조심만 한다면 괜찮지 않겠소. 어느 정도의 양이면 술맛을 감별할 수 있나요? 열다섯 방울? 아니면 스무 방울? 그럼 스무 방울로 정합시다. 스무 방울로 마귀가 당신을 사로잡는다면 그건 보통 마귀가 아닐 거요. 또

한 사고가 나는 것을 방지하는 의미에서라면 앞으로 미사에 참여하지 않아도 좋소. 저녁 기도를 주조장 안에서 드리도록 하시오. 자, 이젠 안심하시고, 술 방울을 잘 세도록 하시오."

그러나 이 가엾은 신부는 술 방울을 아무리 잘 세려고 해도 소용이 없었습니다. 악마가 그를 붙잡고 놓아주질 않는 것입니다. 심지어는 주조장 안에서 이상한 기도 소리가 새어나오기까지 하는 것이었습니다.

낮에는 그런 대로 아무 일 없이 지나갔습니다. 고세 신부는 아주 조용한 분위기에서 풍로와 증류기를 준비해 놓고 약초들을

신중하게 분류했습니다. 연한 것과 회색인 것, 톱니 모양인 것과 햇볕에 잘 마른 것, 향기가 좋은 것 등을 종류별로 정성 들여 골라놓았습니다.

하지만 저녁이 되어 약초가 달여지고 붉은 구리 냄비 속에서 술이 따뜻하게 데워지기 시작하면, 가엾은 고세 신부의 수난이 다시 시작되는 것이었습니다.

"……열일곱……열여덟……열아홉……스물……."

술 방울이 유리관에서 도금한 잔 속으로 떨어지자, 고세 신부는 스무 방울의 술을 단숨에 마셔 버렸습니다. 그러나 별 맛을 느끼지 못했습니다. 그는 한 방울만 더 마셔보면 맛을 알 수 있을 것 같았습니다.

아, 스물한 번째의 술 방울! 그것은 떨쳐내기 힘든 유혹이었습니다. 고세 신부는 그 유혹을 떨쳐내기 위해 주조장의 한쪽 구석으로 가서 무릎을 꿇고 앉아 열심히 기도를 드렸습니다.

하지만 따끈한 술에서 피어오르는 술의 향기가 그의 주위를 감돌며 그를 참을 수 없게 했습니다. 그는 금녹색 액체 위로 몸을 굽힌 채 콧구멍을 벌름거리면서 유리관으로 액체를 저어주었습니다. 그 순간, 에메랄드처럼 반짝이는 액체 속에서 베공 아주머니가 자기를 바라보며 웃고 있는 것이었습니다.

"자, 한 방울만 더 마셔보렴."

한 방울, 또 한 방울……. 가엾은 고세 신부는 도금된 잔에 가득히 그 액체를 붓고 말았습니다. 그리고는 그것을 단숨에 마신 다음 안락의자 위에 맥없이 쓰러졌습니다.

몸을 가누지 못할 정도로 술에 취한 그는 눈을 지그시 감고는 기분 좋은 회한에 잠겨 낮은 목소리로 중얼거렸습니다.

"아! 나는 지옥에 떨어진 몸이다. 지옥에 떨어진 몸……."

술에 취한 것보다도 그를 더 나쁘게 한 것은, 마치 마법에라도 걸린 것처럼 예전에 베공 아주머니가 자주 부르던 저속한 노래를 따라 부르는 것이었습니다.

"아주머니 셋이서 주연을 벌이기 위해 공론을 했다네……."

"베르즈네트 혼자서 앙드레 아저씨네 숲으로 갔다네……."

그리고는 아주머니가 언제나 빼놓지 않고 부르는 백의 신부들의 노래를 따라 불렀습니다.

"파타텡, 파타탕……."

날이 밝으면, 지난밤에 그의 노랫소리를 들은 사람들이 심술궂은 표정을 지으며 마치 놀리듯이 물었습니다.

"어이, 고세 신부. 어제 저녁에 자네 머릿속으로 들어간 매미가 밤새 울어대지 않았는가?"

이런 말을 들을 때면 고세 신부는 몹시 당황하여 어쩔 줄 몰라 했습니다.

자포자기 심정이 된 그는 유혹에 흔들리는 자신을 붙잡기 위해 단식을 시작했고, 고행복을 입고는 엄격하게 규율을 지켰습니다.

하지만 그런 방법으로도 술의 유혹을 이겨낼 수가 없었습니다. 매일 저녁 같은 시간만 되면 악마가 다시 찾아와 그를 사로잡았으니까요.


고세 신부가 괴로움과 싸워가며 술을 제조하는 동안에, 마치 하늘의 축복이 내린 듯 주문이 넘쳐 났습니다. 님므에서, 엑스에서, 아비뇽에서, 마르세유에서…끊이지 않고 주문이 계속됐습니다. 날이 갈수록 수도원은 작은 술 공장처럼 변해 갔습니다. 짐을 포장하는 수도사, 쪽지를 붙이는 수도사, 문서를 작성하는 수도사, 짐을 운반하는 수도사가 따로 정해질 정도였습니다.

그러다 보니 신을 섬기는 일이 소홀해져서 종소리가 들리지 않을 때도 있었습니다. 하지만 이 지방의 가난한 사람들은 어떠한 피해도 보지 않았다는 것을 단언할 수 있습니다.

그러던 어느 날씨 좋은 일요일 아침, 재무관은 참사회원들이 모인 가운데 1년간 있었던 일을 낭독한 후 총결산 보고를 했습니다. 참사회원들이 눈을 반짝이며 재무관의 말을 듣고 있을 때, 갑자기 고세 신부가 회의장 한가운데로 뛰어들면서 소리쳤습니다.

"이제 술 만드는 것을 그만두겠소. 더는 못하겠소. 내 소를 돌려주시오."

"아니, 왜 그러는 거요? 고세 신부!"

나름대로 사태를 파악하고 있던 원장이 물었습니다.

"왜 그러냐고요? 원장님, 저는 지금 영원한 지옥의 불길 속에 떨어져 쇠갈퀴로 온몸을 찍힐 죄를 짓고 있습니다. 날마다 술주정뱅이처럼 술을 마시거든요."

"아니, 내가 술 방울을 한 방울씩 세면서 절제하라고 하지 않았소?"

"물론 처음에는 원장님 말씀대로 한 방울 한 방울씩 세면서 마셨지요. 그러나 지금은 한 잔 한 잔 세면서 마셔야 할 지경입니다. 저녁마다 세 병씩은 마셔야 되는데, 그러다 보니 제가 이 꼴이 되었습니다. 그런데 앞으로도 계속 이래야 된단 말입니까? 저는 이제 그만둘 테니, 누구 원하는 사람이 있거들랑 그 사람에게 술을 만들게 하십시오. 제가 앞으로도 이 일을 계속해야 한다면, 차라리 벼락 맞아 죽는 쪽을 택할 것입니다."

이제는, 고세 신부의 말에 웃는 사람이 한 사람도 없었습니다.

"하지만 이 딱한 사람아! 우리가 벌여놓은 일을 망칠 셈이오?"

재무관이 장부를 흔들어 보이며 고세 신부에게 소리를 질렀습니다.

"당신은 내가 지옥에 떨어져야 좋겠소?"

그때 수도원 원장이 자리에서 일어나 반지가 번쩍거리는 하얀 손을 뻗으며 말했습니다.

"여러분, 진정하십시오. 해결할 수 있는 방법이 있습니다. 고세 신부, 악마가 당신을 유혹하는 것은 밤이 아니오?"

"그렇습니다, 원장님. 밤이 되면, 나귀가 실은 약초만 봐도 진땀이 날 지경입니다."

"그렇다면 이제 안심하십시오. 고세 신부, 저녁 미사 때마다 우리가 당신을 위해 관용으로 가득 찬 성(聖) 어거스틴의 기도문을 욀 것이오. 그러면 당신에게 무슨 일이 일어난다 할지라도 안심할 수 있어요. 그 기도문을 외고 있으면 죄를 지어도 용서받을 수 있으니까요."

"아, 그렇습니까! 원장님, 그렇다면 참으로 다행입니다."

고세 신부는 더 이상 자신의 생각을 고집하지 않고, 종달새처럼 가볍게 증류관 곁으로 다시 돌아갔습니다.

그 후, 매일 저녁 미사가 끝나면 사제는 다음과 같은 말을 빠트리지 않고 했습니다.

"자, 우리 수도원을 위해 자신의 영혼을 희생하고 있는 가련한 고세 신부를 위해 기도합시다. 오레무스 도미네……."

어두운 본당 안에서는 신도들이 무릎을 꿇고 앉아 기도를 했습니다. 기도 소리가 눈 위를 스쳐 가는 바람처럼 떨리며 지나갈 때, 수도원의 맨 끝에 자리 잡고 있는 주조장에서는 고세 신부의 시끄러운 노랫소리가 들려왔습니다.

파리에는 백의의 신부가 있었다네.

파타텡 파타탕, 파타라벵 타라방.

피리에는 백의의 신부가 있었다네.

어여쁜 아가씨들을 춤추게 하고

트렝, 트렝, 트렝, 정원 속에서

춤추게 하고…….


…여기에서 그라브송 사제는 아주 두렵다는 듯이 이야기를 멈추고, 혼잣말처럼 중얼거렸다.

"이를 어쩌나! 교구의 신도들이 이 사실을 알면 큰일인데……."

# 퀴퀴냥 본당의 신부

마르탱 신부는 퀴퀴냥 본당의 신부다.

빵처럼 부드럽고 황금처럼 밝은 그는 퀴퀴냥 사람들을 자식보다도 더 사랑했다. 퀴퀴냥 사람들이 조금만 더 그를 따라주었더라면, 퀴퀴냥은 그에게 있어 천당이나 다름없는 곳이었다.

그러나 애석하게도, 성당의 고백성사(영세를 받은 신자가 죄를 뉘우치고 고백하는 일) 하는 곳은 거미줄이 쳐질 정도로 한산하고, 부활절에 신도들에게 나누어 줄 성체(예수의 몸을 상징하는 빵)도 성체 함에 그대로 남아 있는 형편이었다.

이 모든 것들이 착한 신부의 마음을 아프게 했지만, 그는 뿔뿔이 흩어진 어린 양들이 성당으로 다시 모이기 전에는 죽지 말게 해달라고 늘 하느님께 기도했다.

그리고 마침내 그의 소원이 이루어졌다.

어느 주일날, 마르탱 신부는 제대 위에서 복음서를 읽은 다음

강론을 시작했다.

"형제, 자매들이여! 지금부터 내가 하는 말을 잘 들어주세요. 지난밤에 죄 많은 이 사람이 천국 문 앞에 서 있었습니다. 내가 문을 두드렸더니, 베드로 성인께서 문을 열어주셨습니다."

지금부터 퀴퀴냥 본당의 신부가 들려준 이야기를 여러분에게 전해 주려 한다.


베드로 성인께서 말씀하셨습니다.

"아니, 당신은 마르탱 신부가 아닙니까? 그래, 무슨 일로 오셨습니까?"

"천국에 들어갈 수 있는 사람들의 이름이 적힌 명부와 천국의 열쇠를 가지고 계신 베드로 님, 저에게 말씀해 주실 수 있겠습니까? 천국에는 퀴퀴냥 사람들이 얼마나 있는지 알고 싶습니다. 지나친 부탁인 줄 알지만, 꼭 좀 말씀해 주십시오."

"마르탱 신부님, 별 말씀을 다하십니다. 자, 이리 앉으십시오. 우리 함께 살펴보도록 합시다."

베드로 성인은 두꺼운 명부를 펼치더니, 퀴퀴냥 사람들의 이름을 열심히 찾기 시작했습니다.

"어디 봅시다. 퀴퀴냥이라……. 퀴…퀴…퀴퀴냥……. 아, 여기 있군요. 그런데 마르탱 신부님, 이 페이지는 비어 있네요. 한 사람도 없습니다. 칠면조에 생선 가시가 없는 것처럼, 퀴퀴냥 사람은 단 한 사람도 없습니다."

"그럴 리가요……. 퀴퀴냥 사람이 한 사람도 없다고요? 어떻게 그럴 수가 있습니까? 다시 한 번 봐주십시오."

"정말 한 사람도 없습니다. 내 말이 거짓말처럼 들리거든, 직접 한번 보십시오."

"아! 이럴 수가……."

나는 발을 구르면서 두 손을 모아 도와달라고 외쳤습니다. 그러자 베드로 성인께서 말씀하셨습니다.

"마르탱 신부님, 너무 슬퍼하지 마십시오. 그러다 쓰러지시겠습니다. 어쨌든 신부님 잘못은 아니지 않습니까. 그곳 퀴퀴냥 사람들은 아마도 연옥에서 얼마 동안 몸을 깨끗이 한 후 천국에 올 모양입니다."

"오, 성 베드로님! 저를 불쌍히 여기시어, 잠깐만이라도 그들을 만나 위로해 줄 수 있게 해주십시오."

"좋습니다, 신부님. 이 신발을 신으십시오 길이 매우 험하니까요. …됐습니다. 지금 이 길로 곧바로 가십시오. 자, 그럼 안녕히 가십시오. 몸조심하시길……."

나는 한참을 걸었습니다. 무슨 길이 그 모양인지, 생각만 해도 소름 끼치는 길이었습니다. 가시덤불이 우거진 작은 오솔길에는 붉은 돌들이 깔려 있었고, 길 여기저기에서는 뱀들이 혀를 날름거리며 쉿 소리를 내고 있었습니다.

겨우겨우 그 길을 지나, 마침내 연옥 문 앞에 도착했습니다.

탕탕! 탕탕탕!

문을 두드렸습니다.

"누구요?"

안에서 쉰 목소리가 들렸습니다.

"퀴퀴냥 본당의 신부입니다."

"어디라고요?"

"퀴퀴냥이오."

"아, 들어오십시오!"

안으로 들어가니, 몹시 어두운 밤처럼 까만 날개를 달고 낮처럼 눈부신 옷을 입은 사람이 앉아 있었습니다. 키가 크고 잘생긴 그 사람은 천사였습니다.

그는 허리춤에 다이아몬드로 된 열쇠를 찬 채, 베드로 성인이 갖고 있는 것보다도 더 두꺼운 명부에 무엇인가를 열심히 쓰고 있었습니다.

"그래, 무슨 일로 오셨습니까?"

"천사님, 저는 알고 싶은 것이 있어서 왔습니다."

"무얼 알고 싶어 하는 것입니까?"

"호기심이 지나치다고 할지도 모르지만, 혹시 이곳에 퀴퀴냥의 사람들이 있는가 하고요."

"퀴, 뭐요?"

"퀴퀴냥, 퀴퀴냥 사람들 말입니다. 제가 퀴퀴냥 본당의 신부거든요."

"아, 마르탱 신부님이시군요?"

"네, 그렇습니다."

"퀴퀴냥이라……."

천사는 그 커다란 책을 편 다음, 책장이 잘 넘어가도록 손가락에 침을 묻히면서 차례차례 넘겼습니다.

"퀴퀴냥이라……."

명부를 다 넘긴 천사가 길게 한숨을 쉬며 말했습니다.

"마르탱 신부님, 이 연옥에는 퀴퀴냥 사람이 한 사람도 없습니다."

"오, 예수님! 성모 마리아여! 이 연옥에도 퀴퀴냥 사람이 한 사람도 없다니! 오, 주여! 그럼 도대체 그들은 어디 있단 말씀입니까."

"아, 신부님. 그들은 천국에 있을 겁니다. 그렇지 않다면, 어디에 있겠습니까?"

"하지만 저는 지금 천국에서 오는 길이랍니다. 천국에서……."

"천국에서 오는 길이라고요? 그런데……?"

"그런데 거기엔 없었습니다. 오, 성모 마리아여!"

"별 도리가 없군요, 신부님. 천당에도 없고 연옥에도 없다면, 그 중간이란 없으니…그들은……."

"오, 주여! 어떻게 이럴 수가……. 베드로 성인께서 거짓말을 하셨을까? 그렇지만 닭이 우는 소리를 못 들었는데……. 아아! 가엾은 우리 퀴퀴냥 사람들……. 퀴퀴냥 사람들이 천국에 없는데, 내가 어떻게 천국에 갈 수 있단 말인가."

"마르탱 신부님, 제 말 좀 들어보십시오. 신부님이 모든 걸 알고 싶어 하고, 직접 보고 싶어 하니 말씀드리는 겁니다. 이 길로 곧장 가시면, 왼쪽에 커다란 문이 있을 겁니다. 그 문을 열고 들어가십시오. 그러면 그곳에서 모든 걸 알게 됩니다. 하느님의 보살핌이 있으시길!"

그 길은 새빨간 숯 덩어리가 잔뜩 깔린 긴 오솔길이었습니다. 한 발짝 내디딜 때마다 넘어질 뻔하면서, 술에 취한 사람처럼 비틀거리며 간신히 걸었습니다. 온몸에 땀이 비 오듯 쏟아졌고, 목이 말라 헉헉거렸습니다. 그러나 다행스럽게도 베드로 성인께서 주신 신발 덕분에 발을 데지는 않았습니다.

몇 번이나 발을 헛디디고 절뚝거리면서 걷다보니, 마침내 왼쪽으로 난 커다란 문이 보였습니다. 부엌 아궁이처럼 입을 딱 벌리고 있는 무지무지하게 커다란 문이었습니다.

오! 형제, 자매 여러분. 정말 끔찍한 광경이었습니다. 거기에서는 내 이름도 물어보지 않았을 뿐 아니라, 명부 같은 것도 없었습니다. 다만, 여러분이 주일에 술집으로 들어가는 것처럼, 수많은 사람들이 떼를 지어 문 안으로 들어가고 있었습니다.

나는 온몸이 땀으로 흠뻑 젖어 있었는데도, 소름이 끼쳐서 벌벌 떨었습니다. 머리카락이 곤두서면서, 몸을 움직일 수가 없었습니다.

살이 타는 냄새가 진동을 했습니다. 대장장이 엘르와가 편자를 박기 위해 나귀의 말굽을 태울 때, 우리 퀴퀴냥 마을에 퍼지곤 하던 그런 냄새 말입니다. 나는 이런 냄새와 타는 듯한 공기로 숨이 막혀 죽는 줄 알았습니다.

또한 무시무시한 고함 소리와 신음 소리, 울부짖는 소리와 입에 담을 수 없는 갖은 욕설이 들려왔습니다.

"인마, 들어갈 거야, 안 들어갈 거야?"

뿔이 난 악마가 커다란 쇠스랑으로 나를 쿡쿡 찌르며 말했습니다.

"나요? 나는 안 들어갑니다. 나는 하느님의 친구이니까요."

"뭐? 네가 하느님의 친구라고? 야! 이 나쁜 놈아, 그럼 여긴 뭐 하러 왔어?"

"나, 나는…아, 잠깐만요. 이젠 더 이상 서 있을 힘도 없소. 나는…멀리서 왔습니다. 물어볼 게 있어서요. 혹시, 혹시 여기에…퀴퀴냥 사람은 없나요?"

"원, 미친 놈 다 보겠네. 일부러 멍청한 척하지 말라고. 퀴퀴냥 놈들이 여기 다 모여 있다는 걸 몰라서 그래? 이 까마귀 같은 놈아, 저길 봐. 그 유명한 퀴퀴냥 놈들이 여기서 얼마나 당하고 있는지, 실컷 보라구."

그리하여 나는 무시무시하게 타오르는 시뻘건 불길 속에서 아우성치고 있는 사람들을 보았습니다.

여러분도 기억하시지요? 키다리 코크 갈린느를……. 술만 마시면 취해 가지고 불쌍한 아내 클라라를 두들겨 팼던 사람 말입니다. 그리고 헛간에서 혼자 살면서 행실이 좋지 않았던 로잘리와 줄리앙 씨네 올리브를 몰래 훔쳐서 기름을 짜던 파스칼 씨도 보았습니다.

이삭 줍던 바베, 그녀는 자기가 맡은 이삭 단을 빨리 묶으려고 다른 사람이 묶어서 쌓아놓은 단에서 함 움큼씩 뽑아내곤 했지요. 또 자기 손수레의 쳇바퀴에만 기름을 잔뜩 치던 욕심 많은 그라파시 영감님과 자기 집 우물물을 말도 되지 않는 비싼 값으로 팔아먹은 도핀느를 보았습니다.

또한 성체를 가지고 가는 나를 만나면, 모자를 쓰고 파이프를 문 채 마치 지나가는 개를 보듯이 거만하게 쳐다보며 지나치던 톨티야르와 콜로, 제트, 자크, 피에르, 토니…….

마르탱 신부가 들려주는 이야기를 듣고 있던 신자들은 두려움으로 새파랗게 질려서, 아무 말도 하지 못한 채 신음 소리만 토해내고 있었다. 그들은 활짝 열려진 지옥문을 통해 자기 아버지와 어머니, 할머니, 누이들을 본 것이다.

신부는 쉬지 않고 계속 말했다.

"여러분도 아셨겠지요? 이런 일이 더 계속되어서는 안 되겠다는 것을 느꼈을 겁니다. 난 여러분의 영혼을 책임지고 있는 사제입니다. 어떻게 해서라도, 무시무시하게 타오르는 지옥 불에서 여러분을 구해 내고 싶습니다.

그러기 위해서 내일부터 그간 잘못한 일을 하나하나 고쳐나가려고 합니다. 자, 계획을 말씀드리겠습니다. 어떤 일을 제대로 하려면 질서가 있어야 하므로, 종퀴에르에서 춤을 출 때처럼 차례차례 해나가겠습니다.

내일 월요일에는 노인들의 고백성사를 듣기로 하겠습니다. 이건 어렵지 않은 일이죠?

화요일에는 어린이들, 금방 끝날 겁니다.

수요일에는 젊은이들, 이건 시간이 제법 걸리겠죠?

목요일에는 아저씨들, 바쁜 만큼 빨리 끝나게 될 것입니다.

금요일에는 아주머니들, 쓸데없는 주변 얘기는 되도록 삼가 주십시오.

토요일에는 방앗간 주인, 이 한 사람을 위해 하루를 모두 써도 결코 긴 시간은 아닐 것 같습니다.

이렇게 하여 주일이 되기 전에 고백성사를 모두 끝내면, 우리는 편안한 마음으로 미사에 참례할 수 있게 될 겁니다.

형제, 자매님들! 곡식이 익으면 추수를 해야 합니다. 포도주의 마개를 뽑았으면 마셔야 합니다. 옷이 더러워지면 깨끗하게 빨아야지요.

주님의 은총과 축복이 여러분과 함께하길…… 아멘!"


모든 것이 계획한 대로 실행되었다. 세탁을 한 것이다.

이 잊지 못할 주일을 보낸 후로, 퀴퀴냥 사람들은 그 신실함이 이웃 마을까지 퍼져 나갈 정도로 놀랍게 변했다.

착한 신부 마르탱은 몹시 행복하고 기쁜 나날을 보냈다.

어느 날 밤, 그는 또다시 꿈을 꾸었다.

그 속에서 자신의 모습을 보았다.

반짝이는 촛불과 향냄새가 퍼지는 본당에서, 모든 신자들과

찬송을 부르는 성가대원들 사이를 지나 하느님 나라로 올라가는
자신의 모습을……

# 싱기네르의 등대

지난밤에는 잠을 이룰 수가 없었다. 북풍이 어찌나 사납게 몰아닥치는지 뜬눈으로 밤을 지새울 수밖에 없었던 것이다. 풍차 방앗간의 부서진 날개는 돛대처럼 북풍을 받아 무겁게 흔들렸고, 집 전체는 마치 바람에 날아갈 것처럼 무섭게 삐걱거렸다. 거센 바람에 지붕의 기왓장이 깨어져 날아갔고, 멀리 언덕을 뒤덮고 있는 빽빽한 소나무 숲은 어둠 속에서 바람에 흔들리며 윙윙거렸다. 마치 바다 한복판에서 조난을 당한 듯한 느낌이었다.

문득 3년 전의 일이 생각났다. 코르시카 섬 연안의 아자치오만 어귀에 있는 싱기네르 등대에서 뜬눈으로 밤을 지새우던 날들이 너무나 생생하게 떠오른 것이다.

그곳은 몽상과 고독에 잠기기를 좋아하는 내가 어렵게 찾아낸 아름다운 은신처였다. 붉은 빛을 띤 섬과 황량한 풍경 — 한쪽 끝에는 등대가 있고, 또 다른 쪽에는 제노아 시대의 옛 탑이 있는 풍경 — 을 상상해 보라. 내가 그곳에 머물고 있을 때는 독수리 한 마리가 탑 속에 살고 있었다.

해변에는 온통 잡초에 뒤덮인 허물어진 격리소가 한 채 있었으며, 나무가 빽빽이 들어선 밀림과 거대한 바윗덩어리, 몇 마리의 산양, 긴 털을 바람에 휘날리며 뛰어 다니는 작은 코르시카 산(産)의 말들이 이곳에서 볼 수 있는 풍경의 전부였다. 그리고 섬 꼭대기에는 바닷새들이 빙빙 돌며 날고 있는 속에 높이 솟아 있는 등대의 등대지기 집이 있었다.

등대지기의 집에는 등대지기들이 자유롭게 거닐 수 있는 흰 석조의 테라스와 아치형의 푸른 대문, 그리고 철제로 만들어진 작은 탑이 있었다. 그리고 탑 위에는 거대한 다각형 램프가 있었는데, 햇빛을 받아 대낮에도 빛을 발하여 마치 불타는 듯했다.

내가 지금 살고 있는 풍차 방앗간을 구하기 전에, 자연과 고독이 그리울 때면 종종 찾아가서 틀어박혀 있었던 아름다운 섬, 싱기네르……

그런데 간밤에 불어댄 북풍으로 인해 소나무 숲이 윙윙거리는 소리를 내자, 싱기네르 섬의 모습이 눈앞에 선명하게 그려지는 것이 아닌가.

거기서 무얼 하며 지냈냐고 묻는다면, 특별히 할말은 없다. 이곳에서의 생활과 별로 다른 것이 없었기 때문이다. 굳이 다른 점을 얘기하자면, 지금보다 좀 더 한가한 생활을 했다고나 할까.

바람이 그다지 심하게 불지 않을 때는 수면에 닿을 듯 말 듯한 두 바위 사이에 앉아 갈매기와 티티새, 그리고 제비들과 같이 놀면서 하루를 보내곤 했다. 그곳에 가만히 앉아 바다를 바라보고 있으면, 몸이 나른해지는 감미로움 속에 빠져 존재 자체를 잊곤 했었다.

자신의 존재마저 잊는 영혼의 황홀한 도취를 여러분도 경험한 적이 있을 것이다. 생각에 잠겨 있는 것도 아니고 그렇다고 꿈을 꾸는 것도 아닌 상태, 자기 자신의 존재에서 완전히 해방되어 공중으로 붕 날아오르는 듯한 그 느낌말이다.

물속으로 뛰어드는 갈매기, 파도가 칠 때마다 햇발을 받아 반짝이는 물거품, 멀어져 가는 배에서 뿜어내는 흰 연기, 붉은 돛을 단 산호 채취선, 진주 같은 물방울, 바다 위를 떠도는 안개 등……. 이 모든 것들이 나의 영혼과 하나가 되는 것이다.

아, 나는 그 섬에서 얼마나 많은 시간을 황홀한 도취와 행복한 망각 속에 잠겨 보냈던가!

바람이 심하게 부는 날은 바닷가에 나갈 수가 없기 때문에, 나는 격리소의 뜰에서 꼼짝도 하지 않았다. 작고 고즈넉한 뜰은 로즈메리와 들쑥의 향기가 가득했다. 나는 그곳의 낡은 담 벽에 기대앉은 채, 옛 무덤처럼 사방이 트인 석조의 오두막 속을 떠돌고 있는 정적과 우수에 젖어 아련히 다가오는 포근함을 느끼곤 했다.

이따금 문을 두들기는 소리가 나고 풀숲에서 뭔가가 뛰어나오기도 했는데, 그것은 바람을 피해 풀을 뜯어먹으러 온 염소였다. 순간 멈칫하고 놀란 염소는 자신의 긴 뿔을 세우며 내 앞에 꼼짝 않고 서서, 어린아이같이 맑은 눈망울로 쳐다보기도 했다.

다섯 시 무렵이면 등대지기들은 확성기를 통해 식사시간이 되었다고 내게 알려왔다. 그러면 나는 숲 속으로 난 오솔길을 따라 올라갔다. 올라갈수록 바다는 점점 더 넓어지는 듯했고, 수평선은 끝없이 펼쳐져 있었다. 발걸음을 옮길 때마다 바다와 수평선을 뒤돌아보면서, 천천히 등대로 돌아오곤 했다.

큼직한 돌이 평평하게 깔려 있는 바닥과 참나무로 벽을 댄 아담한 식당, 그리고 김이 모락모락 나는 생선국이 놓여 있는 식탁, 문이 활짝 열려 있는 흰 돌로 지어진 테라스, 그 문으로 스며 들어오는 저녁노을이 있는 등대지기의 집은 사람의 마음을 참으로 편하게 해주었다.

내가 집으로 들어서면, 등대지기들은 식탁에 앉아 나를 기다렸다. 마르세이유 사람 한 명과 코르시카인 둘, 이렇게 모두 세 사람이었다. 그들은 모두 다 작은 키에 수염을 기르고 있었으며, 얼굴은 볕에 그을어 검은 편인데다 피부 또한 거칠었다. 또한 세 사람은 똑같이 모자가 달린 수부용 외투를 입고 있었는데, 차림은 비슷하지만 성격이나 기질은 제각각 달랐다.

이 사람들의 생활 태도를 보면, 두 지방 사람들의 특징과 차이

가 무엇인지 확실하게 구분할 수 있었다.

　마르세이유인은 부지런하고 활동적이었다. 그는 아침부터 저녁까지 섬의 이곳저곳을 다니며 정원을 가꾸기도 했고, 낚시질을 하는가 하면, 구아유의 알을 주워 모으기도 했다. 또한 숲 속에 숨어 있다가 지나가는 염소를 붙잡아 젖을 짜는 등으로 잠시도 쉬는 때가 없었다. 그의 부지런함 덕분에 식탁에는 항상 부야베쓰 생선국이나 아이올리 요리가 올라오곤 했다.

　반면, 코르시카인들은 마르세이유인들과는 전혀 달랐다. 자신이 맡은 직무 이외에는 일을 하지 않았다. 그들은 스스로를 관리라고 생각하고 있는 것 같았다. 그들은 날마다 부엌에서 스코프 놀음을 하며 시간을 보내곤 했다. 그렇지 않으면 점잖은 표정을 지으며 담배 파이프에 불을 붙이거나, 손바닥 위에 커다란 담배 잎을 올려놓고 잘게 비벼대는 것이 일이었다. 그렇다고 해서 코르시카인이 게으르고 거만한 사람이란 뜻은 아니니, 오해 없길 바란다.

이들 세 사람은 모두가 단순하고 선량하며 친절한 사람들이었다. 그들은 주인답게 이것저것 자상하게 일러주면서 조금도 불편함이 없도록 나에게 친절을 베풀어주었다. 틀림없이 그들에게는 내가 아주 이상한 사람으로 보였을 텐데도 말이다.

어찌 그렇지 않겠는가. 몽상과 고독을 찾아 외딴 섬에 와서 처박혀 있다니…….

하루하루가 너무 지루할 뿐 아니라, 빨리 차례가 되어 하루속히 육지로 갈 날만 꼬박꼬박 기다리며 사는 그들로서는 이해할 수 없는 일이었을 것이다.

날씨가 좋은 계절에는 그 커다란 기쁨이 달마다 찾아왔다. 30일 중 10일을 육지에서 생활할 수 있는 것이 규칙이었으니까 말이다. 하지만 겨울철과 기후가 좋지 않을 때는 그런 규칙마저도 지키기가 힘들었다.

싱기네르 섬은 바람이 세게 불고 파도가 거세지면 하얀 물거품으로 뒤덮이기 때문에, 근무 중의 등대지기들은 2, 3개월간 계속 묶여 있거나 위험한 상황을 맞이하기도 했다.

어느 날, 저녁 식사를 하는 자리에서 바르톨리 노인이 나에게
이런 이야기를 들려주었다.

"5년 전에 이런 일이 있었다네. 지금 우리가 식사를 하고 있는
바로 이 자리에서였지. 그날도 오늘 같은 겨울밤이었지. 그날
등대에는 나와 채코라는 동료 두 사람이 등대를 지키고 있었네.
다른 동료들은 휴가를 얻거나 병이 나서 육지에 가 있었지. 우리
가 말없이 식사를 끝내가고 있을 때, 갑자기 채코가 숟가락질을
멈추더니 잠시 나를 얼빠진 듯한 눈으로 바라보는 것이었어. 그
러다가 이내 팔을 앞으로 쑥 뻗으며 식탁 위에 털썩 쓰러지는
거야. 내가 놀라서 그에게 다가가 어깨를 흔들며 '이봐, 채코, 정
신 차려!'라고 소리를 쳐도 대답이 없더군. 그는 그 자리에서 죽은
거야. 그때 내가 얼마나 놀랐는지, 짐작할 수 있겠나? 나는 거의
넋을 잃은 채 시체 앞에서 한 시간 이상을 떨고만 있었지.

그러다 문득 '등댓불은……' 하는 생각이 떠올랐어. 나는 바로
등화실로 올라가서 불을 켰지. 이미 날이 어두워졌는데, 그날
밤은 지금 생각해도 참으로 끔찍했네. 파도 소리나 바람 소리가
심상치 않은데다 누군가가 계단에서 나를 부르고 있는 것만 같아
얼마나 섬뜩했는지 몰라. 목이 타고 몸에서 열이 나는데도 무서
워서 꼼짝할 수가 없었네.

하지만 밤이 지나고 새벽이 되자, 조금 용기가 생기더군. 그제

야 정신을 가다듬고, 죽은 친구를 침대로 옮겨놓고 천으로 얼굴을 덮어준 다음 잠깐 기도를 올렸지. 그리고는 급히 구조신호를 보냈네. 그러나 불행히도 바다의 풍랑이 너무 심해서인지 아무리 구조 요청을 해도 와주는 사람이 아무도 없었어. 등대엔 죽은 채코와 나, 단둘뿐이었으니 얼마나 막막했겠나. 게다가 이런 상황이 언제까지 지속될지도 예측할 수 없었기에 그 불안감은 이루 말로 다 할 수가 없었네.

나는 배가 올 때까지 채코를 곁에 두려고 했었지. 하지만 사흘이 지나고 나니, 그냥 두면 안 될 것 같은 생각이 들더군. 어떻게 할까……. 밖으로 내가서 땅에다 묻을까……? 하지만 바위가 많은 섬의 땅은 너무 단단해서 땅을 파고 묻는다는 것은 거의 불가능했네. 그런데다 까마귀가 수도 없이 떼를 지어 날고 있어서, 고인을 밖에다 그냥 둘 수도 없는 노릇이었네. 가엾은 사람을 까마귀의 밥이 되게 할 수는 없지 않은가. 참으로 난감했었네.

생각다 못해, 그를 격리소 안의 작은 방 안으로 옮겼다네. 그렇게 결정하고 실행하는 데만도 꼬박 반나절이 걸리더군. 힘도 들었지만, 그보다는 용기를 더 필요로 하는 일이었지. 5년이 지난 지금도 바람이 심하게 부는 오후에 그쪽으로 내려가려면, 아직도 어깨에 시체를 메고 있는 듯한 느낌이 들어 기분이 이상해진다니까……."

바르톨리 노인은 그때 일을 생각하는 것만으로도 힘이 드는지,

연신 이마에 땀을 흘리고 있었다.

우리는 노인의 긴 경험담과 난파선 이야기, 코르시카 섬의 산적 이야기 등을 들으면서 식사를 끝냈다. 그러는 동안 바깥은 이미 어두워져 있었다.

그러자 첫 번째 당번이 작은 램프에 불을 켜고 담배 파이프와 물통, 싱기네르 등대에 있는 유일한 책인 붉은 테가 둘러진 두꺼운 <플루타르크 영웅전>을 챙겨들고 안쪽으로 사라졌다. 잠시 후에 쇠사슬과 도르래, 커다란 시계추 같은 것을 감아올리는 소리가 온 등대 안을 울렸다.

그동안 나는 밖으로 나가 테라스에 앉아 있었다. 이미 해는 기울어서, 빠른 속도로 수평선 너머로 떨어지고 있었다. 바람은 점점 차가워졌고, 섬은 보랏빛으로 변해 갔다. 머리 바로 위에서는 커다란 새 한 마리가 맴돌고 있었다. 제노아의 옛 탑에 살고 있는 독수리였다. 바다 위에서는 조금씩 안개가 피어올랐고, 드디어 섬 주변의 흰 물거품 외에는 아무것도 보이지 않았다.

갑자기 머리 위에서 부드럽고 커다란 광선이 비치면서 지나갔다. 등대에 불이 켜졌던 것이다. 밝은 불빛은 섬 전체를 어둠 속에 남겨둔 채, 바다 한복판으로 뻗어갔다. 빛은 어느 새 나를 스쳐 지나갔고, 나만 홀로 남아 어둠을 지켰다.

점점 차가워지는 바람이 더욱 세차게 불어왔다. 더 이상 밖에 있기가 어려워져 집 안으로 들어갔다. 나는 더듬거리면서 문을 닫고 빗장을 걸었다. 그런 다음 다시 손으로 더듬으면서, 걸음을 옮길 때마다 삐걱거리는 철제 층계를 올라 등대 꼭대기에 다다랐다. 등대 위는 빛으로 가득 차 있었다.

여섯 줄의 심지가 있는 거대한 카르셀 램프를 상상해 보라. 그 주위를 서서히 돌고 있는 등화실의 벽은 커다란 수정 렌즈가 박혀 있기도 하고, 불이 꺼지지 않도록 바람을 막아주는 커다란 고정 유리판을 향해 열려 있기도 했다.

그 안에 들어서는 순간, 눈이 너무 부셔 차마 눈을 뜰 수가 없었다. 구리와 주석, 백색 금속으로 만들어진 반사경과 푸른 동그라미를 그리며 돌고 있는 오목한 수정 유리벽 등에서 발산하는 반사광과 램프의 심지 타는 소리에 어질어질하면서 눈앞이 캄캄해졌다.

그러는 동안 차츰차츰 눈이 익숙해져서 등불 바로 밑으로 갔다. 등불 아래서는 첫 번째 당번이 잠을 쫓기 위해 커다란 소리로 <플루타르크 영웅전>을 읽고 있었다.

밖은 한 치 앞을 분간할 수 없을 만큼 칠흑 같은 어둠에 싸였고, 유리벽을 둘러싼 발코니에서는 바람이 미친 듯이 소리치며 날뛰고 있었다. 등대는 삐걱거리느라 정신이 없었고, 바다는 울부짖었다. 섬의 암초에 와서 부딪치는 파도 소리는 얼마나 무시무시한지 마치 대포 소리 같았다. 때로는 누군가가 와서 유리창을 두드리는 것 같았는데, 그것은 불빛을 보고 날아든 밤새들이 머리를 부딪히는 소리였다.

따뜻하고 밝은 등화실 안에는 심지가 타는 소리와 방울방울 떨어지는 기름 소리, 도르래 풀리는 소리가 간간이 들리는 가운데, '데메트리우스 드 팔레르'의 생애를 읽고 있는 등대지기의 단조로운 목소리가 적막함을 깨고 있었다.

자정이 되자, 등대지기가 자리에서 일어나 등불의 심지를 다시 한 번 살펴봤다. 그런 다음 우리는 등화실에서 내려왔다. 층계에서 우리는 졸린 눈을 비비면서 올라오고 있는 두 번째 당번을 만났다. 늘 그래왔던 것처럼, 우리는 그에게 물통과 <플루타르크 영웅전>을 넘겨주었다.

잠자리에 들기 전에 해야 할 일이 또 하나 남아 있었다. 그것은 쇠사슬과 커다란 추, 양철로 된 탱크와 밧줄이 가득 들은 구석방에 잠깐 들어가, 작은 램프의 희미한 불빛 속에 언제나 펼쳐져 있는 커다란 근무일지에다 그날의 일기와 상황을 기록하는 일이었다.

'오전 0시, 파도 거셈. 폭풍 심함, 먼 바다 위에 배가 보임.'

# 노인들

"아장 아저씨, 혹시 편지 온 것 없나요?"

"네, 파리에서 왔습니다."

상냥한 아장 아저씨는 파리에서 편지가 왔다는 사실에 대해 나보다도 더 신기해했다. 하지만 난 조금도 그런 마음이 들지 않았다.

파리에 있는 장 자크라는 친구한테서 이렇게 아침 일찍 편지가 날아들자, 왠지 하루를 허송할 것만 같은 불안한 예감이 들었기 때문이다.

과연 이 예감은 적중했다.

여기에 그 편지를 소개해 본다.

그동안 잘 지내고 있겠지. 친구! 날 좀 도와주지 않겠나. 자네가 방앗간을 하루만 쉬고, 에이기예르로 가주면 좋겠네. 에이기

예르는 자네 집에서 삼사십 리 정도 떨어져 있으니, 소풍 가는 셈 치면 될 거야.

그곳에 도착하면 고아원이 있다네. 먼저 그곳을 찾은 다음, 바로 그 뒷집으로 가게. 그 집은 지붕이 낮고 회색 칠을 한 덧문이 있지. 집 뒤로는 작은 정원이 있을 거야. 대문이 늘 열려 있으니까, 그냥 들어가기만 하면 되네.

들어가거든 '안녕하세요, 모리스의 친굽니다.' 하고 인사를 하게. 키가 아주 작은 노인 두 분이 커다란 안락의자에 앉아 있다가 자네를 맞아줄 걸세. 그러면 자네는 자네의 할아버지 할머니에게 하듯이 진심으로 따뜻하게 그분들을 안아주게나. 나를 대신해서 말이야.

그리고 그분들에게 이런저런 얘기를 해드리면, 몹시 좋아하면서 나에 관한 말을 꺼내실 걸세. 혹시 노인들이 우스운 표정으로 말씀을 하시더라도, 절대로 웃거나 하지 말고 정중하게 들어주게나. 알겠지? 그분들은 나의 조부모님들이라네.

그분들에겐 내가 삶의 전부나 마찬가지라네. 그런데도 그간 찾아뵙지 못하고 지낸 지가 10년이 다 되어가는군. 10년이라……. 참으로 긴 세월이지. 하지만 난, 지금 도저히 파리를 떠날 수가 없네. 그렇다고 그분들이 날 보기 위해 이곳까지 올 수도 없고 말이야. 이곳까지 오기에는, 그분들이 너무 늙으셨거든. 아마 오다가 중간에 쓰러지고 말 거야.

그래도 자네가 그곳 가까이 살고 있다는 것이 얼마나 다행스럽게 여겨지는지 몰라. 이봐, 친구! 이런 부탁을 해서 말할 수 없이 미안하네. 하지만 어쩌겠나. 자네가 그분들을 껴안아드리면, 그분들은 내가 껴안았다고 생각하시면서 좋아하실 거야. 내가 자네와 절친한 친구 사이라고 말씀드린 적이 여러 번 있었거든……

제기랄, 못 말릴 놈의 우정이라니! 마침 그날은 프로방스 지방의 전형적인 날씨였다. 하늘은 맑았지만, 길을 나서기엔 좀 거센 바람이 불었다. 거기에다 햇볕은 왜 그리도 따가운지……

만약 그 편지를 받지 않았다면, 나는 하루 종일 바위틈에 자리를 잡고 앉아 도마뱀처럼 볕을 쬐이면서 바람에 소나무가 흔들거리는 소리를 들을 작정이었다. 하지만 이제 다 틀려 버린 일이었다.

나는 어쩔 수 없이 길을 떠나게 된 내 처지를 한탄하면서, 방앗간 문을 걸어 잠갔다. 열쇠는 통에 담아 고양이가 다니는 통로에다 감춰두고, 지팡이와 파이프를 챙겨든 다음 친구가 부탁한 길을 소풍 가듯이 나섰다.

두시쯤에 나는 에이기예르에 도착했다. 모두들 일을 하러 들로 나가서인지, 마을은 텅 비어 있는 듯한 느낌이 들었다.

마당에는 먼지를 잔뜩 뒤집어쓴 느릅나무가 서 있었고, 그 위

에서는 매미들이 뭐가 그리 신이 나는지 몹시 시끄럽게 떠들어댔다. 햇볕이 내리쬐는 읍사무소 앞 광장에는 나귀 한 마리가 졸고 있었고, 교회의 우물가에는 비둘기 떼들이 어슬렁거리면서 먹이를 찾느라 아는 체를 하지 않았다.

　친구가 말해 준 그 고아원의 위치를 물어보기 위해 주변을 둘러보아도 아무도 보이지 않았다. 잠시 어슬렁거리다가 간신히 마음 좋게 생긴 할머니 한 분을 발견했는데, 그분은 대문 옆의 구석에 앉아서 실을 잣고 있었다. 내가 할머니에게 다가가 고아원을 찾는다고 하자, 할머니는 갑자기 마술이라도 부리는 것처럼 잣고 있던 실 꾸러미를 쳐들며 한쪽을 가리켰다. 그러자 순간, 내가 찾고 있던 고아원이 눈앞에 나타났다.

고아원은 건물 전체가 검은색으로 칠해져서인지 무겁고 침울해 보였다. 아치형으로 만들어진 대문 위에는 붉은 사암으로 만든 오래된 십자가가 꽂혀 있었고, 둘레에는 라틴어가 몇 자 새겨져 있었다.

그 건물 뒤로 친구가 말한 듯한 조그만 집 한 채가 삐죽 고개를 내밀고 서 있었다. 낮은 지붕에 회색 칠을 한 덧문, 집 뒤로 보이는 작은 정원으로 보아, 바로 그 집이 친구의 할아버지와 할머니가 살고 있는 집이라는 것을 알 수 있었다. 친구의 말대로 대문 또한 열려져 있어서, 문을 두드리지 않고 바로 안으로 들어갔다.

긴 복도에 장밋빛 담장, 문 앞에 쳐놓은 투명한 발을 통해 보이는 정원, 판자마다 그려져 있는 빛바랜 꽃과 바이올린 무늬들이 무척 강렬하게 느껴졌다.

나는 내가 그 집을 처음 봤을 때의 그 느낌을 평생 잊지 못할 것이다. 뭐라고 할까⋯⋯. 마치 스텐이라는 작가가 살던 시대의 어느 은퇴한 법관이 살고 있는 저택을 보는 것만 같았다.

마침 복도 끝에 있는 왼쪽 방의 문이 반쯤 열려 있었는데, 그곳에서 벽시계 소리와 책 읽는 어린아이의 목소리가 들려왔다. 가까이 가서 보니, 학생같이 보이는 소녀가 단어를 하나하나 또박또박 끊어서 읽고 있었다.

"그때⋯⋯, 성자⋯⋯, 이레네가⋯⋯, 외치기를⋯⋯, 나는⋯⋯, 주의⋯⋯, 밀알이라⋯⋯, 저⋯⋯, 짐승들의⋯⋯, 이빨에⋯⋯, 가루가……, 되리라."

나는 조용히 서서 방 안을 들여다보았다. 작고 조용한 방 안은 다소 어두웠으며, 창가에는 두 개의 안락의자가 놓여 있었다. 그중 한 안락의자에는 한 노인이 두 손을 무릎 위에 놓고 입을 약간 벌린 채 잠들어 있었다. 노인은 광대뼈가 몹시 튀어나왔으며, 손은 온통 울퉁불퉁한 주름으로 덮여 있었다.

그 옆에서 고아원 복장으로 보이는 푸른 외투와 작은 모자를 쓴 소녀가 자기 몸집보다도 더 큰 책을 들고 성자 이레네의 생애가 기록된 구절을 읽고 있었던 것이다. 그 소녀의 책 읽는 소리는 온 집안을 신비한 기운으로 가득 차게 만들었다.

노인은 여전히 잠에서 깨지 않았고, 천장에서는 파리 떼가 윙윙거렸다. 창문 위에 놓여진 새장에서는 카나리아가 졸고 있었으며, 커다란 벽시계는 쉬지 않고 똑딱거렸다.

닫혀 있는 덧문 사이로 비집고 들어온 햇빛이 방 안에서 졸고 있는 모든 것을 따뜻하게 감싸고 있었으며, 소녀는 쉬지 않고 책을 읽는 데 열중하고 있었다.

"곧……, 두……, 마리의……, 사자가……, 그에게……, 달려들어……, 그를……, 삼켜 버렸다."

소녀가 이 구절을 읽고 있을 때, 내가 방 안으로 들어선 것이다. 인기척에 소스라치게 놀란 소녀는 읽고 있던 커다란 책을 바닥에 떨어뜨리며 외마디 비명을 질렀다. 아마 성자 이레네의 사자가 갑자기 방 안으로 뛰어들었다 해도, 소녀가 이보다 더 놀라지는 않았을 성싶었다.

그 바람에 새장에서 졸고 있던 카나리아가 깨어났고, 천장에서 윙윙거리던 파리 떼가 한바탕 소란을 피웠다. 또한 때맞춰서 시계추까지 울려대자, 노인도 깜짝 놀라 의자에서 벌떡 일어났다.

이러한 광경을 보고 있던 나는 순간 너무 당황한 나머지 문턱에 선 채 어리벙벙한 표정으로 인사를 하지 않을 수 없었다.

"안녕하세요, 할아버지? 저는 모리스의 친구입니다."

할아버지는 '모리스의 친구'라는 말이 끝나기가 무섭게 천천히 내 앞으로 다가오더니, 말없이 팔을 벌리며 나를 꼭 껴안았다. 그리고는 내 손을 꼭 쥐고는, 갑자기 팔짝팔짝 뛰면서 놀라움과 기쁨에 찬 목소리로 소리를 지르는 것이었다.

"아니, 이럴 수가! 어떻게 이런 일이······!"

아! 할아버지의 그 모습은 오래도록 뇌리에서 사라지지 않을 것 같다.

활짝 웃는 노인의 얼굴은 주름으로 가득했지만, 그렇게 밝을 수가 없었다. 그는 볼까지 붉어질 정도로 흥분된 상태에서 나를 찬찬히 바라보았다.

"아! 자네가······. 자네가 바로······."

할아버지는 채 말을 끝내지도 않은 상태에서 누군가를 부르려는 듯, 안쪽을 향해 소리쳤다.

"마메트! 마메트!"

곧바로 문 여는 소리가 들리는가 싶더니, 이내 가까이서 발자국 소리가 들렸다. 할아버지가 소리쳐서 부른 마메트 할머니였다.

술이 달린 모자를 쓴 할머니는 수녀복을 입고 있었으며, 손에는 수를 곱게 놓은 손수건을 들고 있었다. 몸집은 자그마했지만, 기품 있는 아름다움이 느껴졌다.

두 분을 바라보면서 참으로 신기하게 느낀 것은 할아버지와 할머니의 모습이 너무나 닮아 있다는 점이었다. 만약 할아버지가 머리를 길러서 묶은 다음 노란 리본을 단다면, 틀림없이 마메트 할머니처럼 보일 것 같았다. 하지만 실제의 마메트 할머니는 살아오는 동안 많은 고생을 하셨는지, 할아버지보다도 얼굴에 주름이 더 많았다.

할머니의 옆에도 고아원 복장으로 보이는 푸른 외투를 입은 소녀가 한 명 서 있었다. 마치 잠시도 눈을 떼지 않는 푸른 제복의 호위병같이 보였다. 고아인 두 소녀의 보살핌을 받고 있는 노인들의 모습을 보니 왠지 눈시울이 뜨거워졌다.

방 안으로 들어온 마메트 할머니는 내가 누구인지 모르므로 격식을 차려 인사를 하려고 하셨다. 그러자 할아버지가 황급히 손을 저으며 만류했다.

"마메트, 이이는 모리스의 친구야."

할머니 또한 '모리스의 친구'라는 말이 끝나자마자 몸이 흔들릴 정도로 깜짝 놀라면서 기쁨에 찬 눈물을 흘렸다. 손수건이 떨어진 것도 모르는 할머니의 얼굴은 점점 붉어졌다. 조금 전에 붉어졌던 할아버지의 얼굴보다도 더 많이……. 노쇠한 이분들의 혈관에 그렇게 많은 피가 흐르지도 않을 텐데, 말로 표현할 수 없을 정도의 기쁨과 감동으로 인해 피가 마구 솟구치는 모양이었다.

"애야, 의자를 갖고 오너라."

할머니가 같이 온 소녀에게 말했다.

"덧문도 열어놓아라."

할아버지가 또 다른 소녀에게 말했다.

그리고 노인들은 내 손을 하나씩 나눠 잡으며 나를 창가로 데리고 가더니, 조금이라도 내 얼굴을 더 자세히 보려는 듯 창문을 활짝 열어젖혔다.

나는 소녀들이 두 개의 안락의자 사이에다 바짝 놓은 간이의자에 앉았다. 푸른 제복을 입은 두 소녀는 우리들 뒤에 조용히 서 있었고, 노인들은 내게 이것저것을 묻기 시작했다.

"그 애는 잘 있나? 요즘 어떻게 지내고 있나……? 그간 왜 한번도 다녀가질 못한 건가? 사는 데 어려움은 없는지……."

노인들은 몇 시간 동안을 잠시도 쉬지 않고 물어대면서, 그 친구에 관한 모든 것을 알고 싶어 했다.

　나는 최선을 다해, 그 친구에 관해 내가 알고 있는 모든 것을 차근차근 말씀드렸다. 그러다가 모르는 것이 있으면 그분들이 걱정하지 않도록 적당히 얼버무리기도 했다. 하지만 잠자기 전에 반드시 창문을 닫는지, 벽지 색깔이 무엇인지를 물을 때는 말문이 막힐 수밖에 없었다. 그러나 어쩌겠는가……

　"방 벽지 말이군요? 그건 푸른 색깔이었어요. 잔잔한 꽃무늬가 있는 밝은 톤의 푸른 색깔……"

　"그렇군……"

　할머니는 사소한 이야기라도 놓치는 것 없이 들으려고 애를 쓰며 연신 감동했으며, 간간이 할아버지에게 이렇게 말하곤 했다.

　"참 착한 아이죠?"

　"아무렴, 착하고말고."

　감격스러워하는 것은 할아버지도 마찬가지였다.

　입가에 잔잔한 미소를 띤 노인들은 내가 이야기하는 동안 잠시도 내게서 눈을 떼지 않았다. 두 분은 연신 눈을 깜빡거리며 얘기를 듣고 있다가, 가끔씩 '그래, 그래' 하면서 고개를 끄덕이곤 했다.

　이야기하는 중간에 할아버지가 내게 가까이 다가와 이렇게 말했다.

"좀 더 큰 목소리로 말해 주게나. 이 할멈이 귀가 어두워서 잘 듣질 못하거든."

그러자 옆에 있는 할머니도 이렇게 말하는 것이 아닌가.

"목소리를 좀 더 크게 해줘. 할아버지가 잘 알아듣질 못하거든."

그래서 나는 더욱 목소리를 높여서 말했다. 두 노인은 고마워하는 표정을 지으며 미소를 지어 보였다. 그리고는 나에게 좀 더 가까이 다가와 내 눈 속을 빤히 쳐다보았다. 마치 그 속에 모리스의 모습이 들어 있기라도 한 것처럼······.

내가 모리스가 아니라는 사실을 안타까워하는 듯한 그분들의 미소를 바라보고 있자니, 내 가슴이 얼마나 뭉클하던지……. 순간, 자욱한 안개 속에서 미소 짓고 있는 친구의 모습이 눈앞에 나타난 것만 같았다.

갑자기 뭔가가 생각난 듯 할아버지가 안락의자에서 일어나며 말했다.

"이런, 내 정신 좀 봐. 마메트, 이 사람이 아직 점심 식사를 하지 않았을 텐데……."

"아직 점심 식사를 하지 않았다고요? 아이구, 이를 어쩌나……."

나는 이분들이 모리스에 관해 이야기하는 것으로 알아듣고, 할아버지 할머니의 착한 손자는 반드시 열두시 이전에 점심을 먹는다고 대답하려 했었다. 그런데 그것이 아니었다. 그건 내 이야기였다. 내가 아직 점심을 먹지 않은 사실을 그제야 깨달은 두 분은, 마치 큰일이라도 난 것처럼 부산을 떨기 시작했다.

"얘들아, 어서 식사 준비를 하자. 방 한가운데로 식탁을 옮겨야겠구나. 주일날 사용하는 식탁보와 꽃무늬 접시도 내어오렴. 그렇게 웃고 있지만 말고, 빨리빨리 움직여……."

노인들의 재촉에 맞춰 소녀들이 정신없이 서두르자, 금방 식탁이 차려졌다.

"차린 것은 없지만, 많이 먹게나. 혼자 먹게 해서 미안하네. 우린 진작 먹었다네……."

내가 식탁 앞에 앉는 것을 바라보며 마메트 할머니가 말했다.

이분들은 누군가가 이 집을 방문하면, 언제나 자신들은 이미 식사를 했다고 말씀하실 것이 분명했다. 아, 가엾은 노인들.

마메트 할머니가 나름대로 정성을 다해 차린 식탁은 조촐했다. 우유와 대추, 배 그리고 딱딱한 빵이 전부였으니까……. 하지만 그것이 적어도 할머니와 카나리아의 일주일치 양식이라는 것을 어찌 눈치채지 못하겠는가.

그런데 그만 나도 모르는 사이에 그것을 다 먹어 버리고 말았다. 그러자 갑자기 식탁 주변의 분위기가 이상해졌다. 푸른 제복의 소녀들이 서로 팔꿈치를 쿡쿡 찌르며 수군거렸고, 새장 속의 카나리아마저 마치 항변하듯이 시끄럽게 떠들어댔다.

'어! 저 사람이 내 빵을 다 먹어 버렸네……!'

처음부터 그걸 다 먹으려고 했던 것은 아니었지만, 어쨌든 앞에 놓인 것들이 순식간에 사라져 버렸다. 오래된 골동품 냄새가 풍기고 있는 방 안을 둘러보는 데 정신이 팔려, 미처 생각을 못했던 것이다.

더구나 침대 쪽으로는 시선조차 돌릴 수가 없었다. 장식용 술이 달린 커다란 커튼 아래로 요람처럼 생긴 침대가 놓여 있었는데, 그 침대를 보니 아침 일찍 일어날 노인들의 모습이 떠올랐기 때문이다. 괘종시계가 3시를 알리는 종을 치면, 노인들은 잠에서 깨어날 것이다.

"마메트, 자는 거요?"

"아뇨."

"모리스는 착한 아이지?"

"그럼요, 착한 아이지요."

나는 나란히 놓여진 두 개의 침대를 보며, 이런 대화를 나눌 노인들의 모습을 상상해 봤다.

이런 상상을 하고 있는 동안, 방 한쪽에 자리하고 있는 옷장 앞에서 상상도 못할 일이 벌어졌다.

모리스가 다니러 오면 주려고 묵혀두었던 10년 된 앵두주(酒)를 할아버지가 꺼내놓으려고 한 것이다. 물론, 나에게 맛을 보여 주고 싶어서였다.

할아버지가 옷장 위의 선반에서 병을 꺼내려고 하자, 마메트 할머니는 안 된다면서 이를 말렸다. 하지만 할아버지는 계속 고집을 부리며 술병을 꺼내려 했고, 그런 할아버지를 바라보며 할머니는 부들부들 떨고 있었다.

할아버지는 앵두주에 손이 잘 닿지 않자, 의자를 놓고 올라서서 손을 뻗었다. 그러다가 순간 휘청거리면서 넘어질 뻔했다. 뒤에 서 있던 소녀들이 재빨리 잡아주어 할아버지는 간신히 중심을 잡을 수 있었다.

이때 할머니는 할아버지 뒤에 서서 가쁜 숨을 쉬며 팔을 뻗은 채 바라보고 있었고, 열려진 옷장 속에 걸린 옷가지에서는 엷은 오렌지 향기가 솔솔 풍겨 나왔다.

이러한 모든 광경을 떠올려봐라. 저절로 마음이 즐거워지지 않는가.

한참 동안 애쓴 결과, 마침내 할아버지는 선반 위에 있는 술병을 꺼냈다. 술병을 꺼내면서 오래된 은잔도 함께 꺼냈는데, 무늬가 새겨진 그 잔은 모리스가 예전에 사용하던 것이었다.

할아버지는 모리스가 좋아했던 앵두주를 은잔에 가득 채워 나에게 건네면서, 당신도 한잔하고 싶은 듯이 침을 꿀꺽 삼켰다. 그리고는 내 귀에다 대고 속삭이듯 말했다.

"자네는 운이 좋군. 이 술을 맛보게 되었으니 말이야. 할멈이 10년 전에 담가둔 거라네. 자, 어서 마시게나."

그런데 이게 웬일인가. 나는 앵두주를 단숨에 들이켜며, 속으로 이렇게 말했다.

'할머니, 이 앵두주를 담그실 때 설탕 넣는 것을 깜빡하셨군요. 하지만 나이가 들면 뭐든 깜빡깜빡하면서 금방 잊어버리는 걸 어쩌겠어요. 그런데 할머니, 그래도 이 앵두주는 너무하셨어요. 너무 독해요……'

나는 아무 내색하지 않고, 한 방울도 남김없이 깨끗하게 잔을 비웠다.

식사를 마친 다음, 방앗간으로 돌아갈 시간이 된 것 같아 자리에서 일어났다. 하지만 두 노인은 착한 손자에 대한 이야기를 더 듣고 싶은지, 조금만 더 있다 가라면서 자꾸만 붙잡았다. 그러나 이미 해가 서산으로 넘어가고 있어, 서두르지 않을 수가 없었다.

내가 집을 나서자, 할아버지도 따라나섰다.

"마메트, 옷 좀 꺼내 줘. 요 앞 광장까지는 바래다줘야지."

마메트 할머니는 할아버지가 나를 광장까지 바래다주기에는 날씨가 쌀쌀한 것이 맘에 걸렸을 테지만, 그런 내색을 전혀 하지 않았다. 오히려 진주 단추가 달려 있는 빛깔 고운 스웨터를 할아버지에게 입혀 주면서 나직한 목소리로 말했다.

"날씨가 제법 쌀쌀하니, 너무 늦지 않도록 하세요. 아셨죠?"

그러자 할아버지가 장난스러운 표정으로 대답했다.

"글쎄, 그것이 내 맘대로 되어야 말이지."

이런 말을 주고받으면서, 두 노인은 마주 보고 웃었다. 새장 속에 있는 카나리아도 덩달아 웃는 듯했다. 아마 앵두주의 향기가 우리 모두를 취하게 한 모양이었다.

밖은 이미 제법 어두워져 있었다. 돌아갈 때 할아버지를 모시고 가기 위해, 푸른 제복의 소녀가 우리 뒤에서 천천히 걸어오고 있었다. 그러나 할아버지는 그 소녀가 뒤따라오고 있는 걸 모르는 듯했다.

할아버지는 내 팔을 붙잡고 젊은 사람처럼 걷고 있다는 사실에 무척 들떠하는 것 같았다. 할머니는 우리를 배웅하기 위해 미소를 지으며 문 앞에 서 있었다.

할머니는 할아버지와 내가 힘 있게 걷고 있는 모습을 바라보며 연신 고개를 끄덕이고 있었는데, 어쩜 이런 생각을 하고 계실지도 모를 일이었다.

'저 양반이 아직도 젊은 사람처럼 잘 걸으시니, 정말 다행이야. 가엾은 분⋯⋯.'

# 아를르의 여인

    풍차 방앗간에서 내려와 마을로 가려면 길목에 세워진 농가 한 채를 지나야 한다.

    그 집은 팽나무를 심은 넓은 안마당 안쪽에 자리 잡고 있었는데, 지붕은 붉은 기와였고 그 꼭대기에는 바람개비가 돌고 있었다. 다갈색의 넓은 건물 정면에는 몇 개의 창문이 불규칙적으로 뚫려 있었으며, 마당 한쪽에는 말린 풀을 끌어올리는 도르래가 놓여 있었다. 삐죽삐죽 뻗어 나온 다갈색 건초더미 두세 단이 눈에 띄는 전형적인 프로방스 지방의 농가였다.

    그런데 이 평범한 집이 왜 이렇게 충격적으로 느껴지는 것일까? 꼭꼭 닫혀 있는 문을 보면서, 왜 이렇게 마음이 답답하고 아픈 것일까? 그 까닭을 나 자신도 알 수 없지만, 그 집을 보면 왠지 모르게 기분이 오싹해지곤 했다.

    집 주위는 너무나도 적막했다. 사람이 지나가도 개 짖는 소리는 물론이고 닭 울음소리조차도 들리지 않았다. 집안 역시도 사람 사는 기척이 전혀 느껴지지 않았으며, 나귀의 방울 소리도 나지 않아 썰렁하기만 했다. 창문에 쳐진 흰 커튼과 굴뚝에서 피어오르는 연기마저 없었더라면, 틀림없이 사람이 살지 않는 빈집으로 생각될 것만 같았다.

어제 정오 무렵, 마을에서 집으로 돌아오던 나는 뜨거운 햇살을 피하기 위해 그 집 울타리를 따라 팽나무 그늘 아래로 걸어오고 있었다.

그때 그 집의 앞길에서는 하인들이 마른풀을 마차에 싣는 일을 막 끝낸 참이었다. 때문에 그 집 대문이 활짝 열려 있어서, 나는 그 앞을 지나치면서 힐끗 집안을 들여다보았다.

뜰 안쪽에는 돌로 만든 커다란 테이블이 놓여 있었는데, 몸집이 크고 머리가 백발인 노인이 그 테이블 위에 팔꿈치를 괴고 머리를 감싼 채 앉아 있는 것이 보였다. 그는 짧은 윗도리에 너덜너덜해진 반바지를 입고 있었다.

내가 가던 길을 멈춰 서자, 하인 중의 한 명이 내게 다가와 나직한 목소리로 속삭이듯이 말했다.

"쉿! 조용히 하세요. 저분이 저희 주인어른이십니다. 큰아드님이 불행한 일을 당한 뒤로는 언제나 저런 모습으로 계시지요."

때마침 검은 상복을 입은 부인과 사내아이가 내 옆을 지나 집안으로 들어갔다. 부인은 금박을 두른 두꺼운 성경책을 들고

있었다. 그들이 들어가고 나자, 하인이 덧붙여 말했다.

"주인마님과 작은아드님이세요. 미사를 보고 돌아오는 길이
지요. 큰아드님이 자살한 뒤론 매일 저렇게 미사에 참석하고 계
시답니다. 아아, 정말이지 가슴 아픈 일이 아닐 수 없지요. 나리는
죽은 아드님의 옷을 지금껏 입고 계시면서, 한사코 벗으려고 하
지 않으세요. 이랴, 이랴! 위워……."

하인이 말에 채찍질을 하자, 마차가 서서히 움직이기 시작했
다. 나는 좀 더 자세한 이야기를 듣고 싶어서, 그의 옆자리에
앉게 해달라고 부탁했다.

그리하여 나는 마차의 건초더미 위에서, 가슴 아픈 이야기의 자초지종을 듣게 되었다.

그 집 큰아들의 이름은 '장'이었다. 그는 계집애처럼 온순했지만, 씩씩하고 밝은 생김새를 지닌 스무 살의 훌륭한 청년이었다. 그는 잘생긴 외모 덕분에 많은 여자들의 시선을 끌었지만, 그의 마음속에는 오로지 한 여인만이 자리를 잡고 있었다.

언젠가 아를르의 투기장에서 비로드와 레이스로 몸을 단장한 한 여인을 만났는데, 그날 이후 그 여인이 그의 뇌리에 박혀 떠나질 않았던 것이다.

하지만 그의 집에서는 이들의 관계를 달갑게 여기지 않았다고 한다. 여자의 행실이 바르지 않다는 소문이 떠돌았을 뿐 아니라, 그녀의 부모 또한 이 고장 사람이 아니었기 때문이다.

그러나 장은 오직 '아를르의 여인'인 그녀와 결혼하겠다고 굳게 결심하고 있었다.

"그녀와 결혼하지 못하면, 난 차라리 죽어 버릴 테야."

그는 늘 이런 식으로 행동했다고 한다.

장의 부모는 아들의 마음을 도무지 돌릴 수 없음을 깨닫고, 추수가 끝나는 대로 그 둘을 결혼시켜주어야겠다고 마음먹었다.

그러던 어느 일요일 저녁, 집안사람들이 그 집의 안마당에 모여 저녁 식사를 하고 있을 때였다. 마치 결혼 축하연이라도 하는 것처럼 분위기가 들떠 있었다. 신부는 참석하지 않았지만, 사람들은 모두 신부를 위해 축배를 들었다.

이때 한 사나이가 대문으로 들어섰다. 그는 몹시 떨리는 목소리로, 주인어른께 드릴 말씀이 있으니 만나달라고 간청했다. 주인어른인 에스테브는 자리에서 일어나 사나이가 있는 쪽으로 다가갔다.

"영감님, 영감님은 지금 2년 동안이나 저와 관계를 가져온 여자를 아드님과 결혼시키려고 하십니다. 제 말은 모두 사실입니다. 증거가 될 만한 편지도 여기 있습니다. 그녀의 부모님도 우리 관계를 이미 알고 있으며, 내게 딸을 주겠다는 약속까지 했습니다. 그런데 영감님의 아들이 그녀에게 청혼한 뒤부터 그들의 태도가 돌변하고 말았습니다. 하지만 이미 저와 결혼 약속을 한 이상, 그 여자가 다른 사람의 아내가 될 수는 없다고 생각합니다."

"무슨 말인지 잘 알았네. 자, 들어가서 포도주나 한잔 마시고 가게."

에스테브 영감은 그 사나이가 증거로 가지고 온 편지를 다 읽고 나서 이렇게 말했다.

"말씀은 고맙지만, 지금 저는 술을 마실 기분이 아닙니다. 가슴이 너무 아파서 숨이 막힐 것만 같습니다."

사나이는 정중하게 거절한 후 돌아갔다.

다시 식탁으로 돌아온 에스테브 영감은 별다른 기색을 보이지 않았으며, 사람들은 즐거운 분위기에서 식사를 마쳤다.

식사가 끝난 후, 에스테브 영감은 큰아들과 같이 산책을 나갔다. 그들은 한참이 지나서야 돌아왔고, 주인마님은 그때까지 그들을 기다리고 있었다.

"여보, 이 녀석에게 키스라도 좀 해주구려! 가엾은 녀석 같으니라구……."

산책에서 돌아온 에스테브 영감이 부인에게 말했다.


장은 그 뒤로 아를르의 여자 이야기를 입에 올리지 않았다. 그러나 그는 여전히 그녀를 사랑했다. 그녀가 다른 남자의 여자라는 사실을 안 뒤로, 오히려 더 깊게 사랑하는 것 같았다.

하지만 자존심이 강한 그는 자신의 감정을 좀처럼 드러내지 않았다. 결국 그의 이러한 성격이 그를 자살로 내몰고 말았지만……

그는 여러 날 동안, 하루 종일 꼼짝하지 않고 방에만 틀어박혀 있었다. 그러다가도 어떤 날은 미친 사람처럼 들에 나가 날품팔이 일꾼 열 사람 몫을 해치우기도 했다. 그리고 해가 지면 아를르 쪽으로 걸음을 옮겨 시내의 뾰족한 종탑이 보이는 데까지 갔다가 되돌아오곤 했다. 결코 그 이상은 가지 않았다.

이렇게 항상 쓸쓸하게 홀로 지내고 있는 그를 보고, 가족들은 어찌해야 좋을지 몰라서 안절부절못했다. 왠지 무슨 일이 일어날 것만 같아 두려워하고 있었던 것이다.

그러던 어느 날, 그의 어머니는 식사 중에 눈물이 가득 고인 아들을 바라보며 말했다.

"얘야, 에미 말 좀 들어봐라. 네가 정 그렇게 그 여자를 잊지 못하겠으면, 그 여자와 결혼을 시켜주마."

옆에서 그 말을 듣고 있던 아버지는 얼굴을 붉히면서 얼른 고개를 돌려 버렸고, 장은 싫다는 표시로 고개를 설레설레 흔들며 밖으로 나가고 말았다.

그날부터 장의 태도가 확 바뀌었다. 부모님의 마음을 편하게 해드리기 위해 일부러 명랑한 체하며 지냈다. 예전처럼 마을의 무도회에도 참석하는가 하면, 술집에서 마을 청년들과 술을 마시기도 했다. 그런가 하면 소의 경주대회에도 모습을 드러냈고, 마을의 축제 때 파랑돌(프로방스 지방의 춤)의 앞장을 서기도 했다.

"이제 저 애가 마음을 잡은 모양이야."

에스테브 영감은 이렇게 말했지만, 주인마님은 여전히 마음을 놓지 못하고 아들의 행동에 주의를 기울였다.

장은 동생과 함께 누에치는 방 옆에 붙어 있는 침실에서 잠을 잤다. 불안한 어머니는 밤중에 누에를 돌봐주어야 한다는 구실로 그 옆방에다 잠자리를 마련하고, 수시로 아들을 살폈다.

농촌 지주들의 수호신인 성(聖) 엘라의 축제일이 왔다. 그날은 마을 전체가 잔치 분위기였다. 사람들은 포도주를 마음껏 마시면서 불꽃놀이를 즐겼다. 마당에는 모닥불을 지펴 사방을 밝혔고, 팽나무 가지에는 오색 등불이 가득 걸려 있었다.

성 엘라 만세!

사람들은 힘이 빠져 기진맥진할 때까지 춤을 추었다. 장의 동생은 새 옷을 불에 태워먹을 정도로 흥겹게 즐겼고, 장도 슬픈 기색이 전혀 없어 보였다. 그가 어머니에게 같이 춤을 추자고 청하자, 어머니는 기쁨에 겨워 눈물을 흘리기까지 했다.

이윽고 밤이 깊어 자정이 되자, 사람들은 제각기 잠자리에 들었다. 모두들 지쳐 있었다. 그러나 장은 잠을 이루지 못하고 계속 몸을 뒤척였다. 나중에 장의 동생이 한 말을 들어보면, 밤새도록 장이 흐느껴 울었다는 것이다. 마음의 상처가 얼마나 깊었으면, 그렇게 괴로워했을까……

이튿날 새벽, 어머니는 누군가가 방 앞을 지나가는 소리를 들었다. 그 순간, 어머니는 정체 모를 불길한 예감에 사로잡혔다.

"장이니?"

그러나 아무런 대답도 들려오지 않았다. 장은 이미 계단을 올라가고 있었다.

어머니는 자리에서 급하게 일어나며 다시 물었다.

"장, 어딜 가니?"

장은 그때 다락방으로 올라가고 있었다. 어머니도 바로 뒤따라서 올라갔지만, 장은 문을 닫고 안쪽에서 문을 잠가 버렸다.

"얘, 무슨 짓이니? 문 좀 열어라! 제발 부탁이다……."

어머니는 주름진 손을 몹시 떨면서 문고리를 더듬었다. 그러나 문을 열기도 전에 창문 열리는 소리가 나더니, 이어서 안마당에 깔린 자갈 위로 무언가가 픽 하고 떨어졌다. 그뿐이었다.

그 가엾은 젊은이는 오직 한 가지 생각에만 빠져 있었던 것이다.

'아무리 애를 써도 그녀를 단념할 수가 없다. 죽어야지……. 이럴 바엔 차라리 죽는 것이 나을 거야.'

아! 인간의 마음이란 얼마나 나약한가! 아무리 잊으려 해도, 사랑하는 마음을 어쩔 수 없으니…….

다음 날 아침이 되자, 마을 사람들은 새벽녘에 에스테브 영감님 댁에서 누가 그렇게 흐느껴 울었는지를 궁금해 했다.

아침 이슬과 피에 젖은 돌 테이블 앞에서, 죽은 아들을 가슴에 안고 통곡하며 울부짖던 사람은 그의 어머니였다.

# 황금 뇌를 가진 사나이의 전설
— 유쾌한 이야기를 원하는 부인에게

부인, 부인께서 보내주신 편지를 읽고 나니 왠지 미안한 마음이 들었습니다.

그동안 제가 너무 무겁게 가라앉은 이야기들만 들려드리지 않았나 하는 생각이 들어서입니다. 그러나 일부러 그런 것이 아니란 걸 말씀드리면서, 오늘은 즐겁고 유쾌한 이야기를 해야겠다고 마음먹었습니다.

안개가 낮게 드리워진 파리에서 천 리나 떨어져 있고, 음악과 포도주로 유명한 나라의 아름다운 마을에 살고 있는 저에게 슬픈 일이 뭐가 있겠습니까.

온통 반짝이는 햇빛과 즐거운 음악이 넘쳐흐르는 속에서 하루하루를 보내고 있습니다. 방울새들과 까치들이 즐겁게 지저귀는가 하면, 아침이면 도요새가, 한낮엔 매미들의 노랫소리가 잠시도 끊이질 않습니다. 게다가 양치기들의 피리 소리와 포도밭에서 들려오는 아름다운 금발머리 아가씨들의 유쾌한 웃음소리까지 어우러져 완벽한 하모니를 이루고 있군요. 별다른 걱정거리가 없는 이곳은 그야말로 별천지랍니다.

그러고 보니 그간 부인에게 무겁고 어두운 이야기보다는 연인들의 아름다운 사랑 이야기와 시처럼 감미로운 이야기를 들려드려야 했었는데, 그렇게 하지 못했습니다.

저는 아직도 파리를 떠나왔다는 것을 실감하지 못하는 것 같습니다. 날마다 파리의 암울한 소식들이 이곳 소나무 숲 속까지 날아들고 있으니까요. 이 편지를 쓰고 있는 지금 이 순간에도, 샤를 바르바라의 비참한 죽음이 떠올라 가만히 앉아 있을 수가 없군요.

갑자기 작고 아득한 이 풍차 안이 온통 비통함으로 가득 차 넘치는 것 같습니다.

도요새야! 매미야……! 안녕!

부인, 유쾌하고 즐거웠던 마음이 일순간 사라져 버리는군요. 때문에 부인에게 들려드리려고 했던 즐겁고 유쾌한 이야기 대신, 오늘도 슬픈 전설을 들려드릴 수밖에 없을 것 같습니다.

옛날에 황금으로 된 뇌를 가진 사람이 살았다. 진짜 완전히 황금으로 만들어진 뇌였다.

그가 이 세상에 태어났을 때, 사람들은 이 아이의 머리가 가누지도 못할 정도로 크고 무거워서 얼마 살지 못할 것이라고 생각했다. 그러나 아이는 죽지 않았으며, 아름다운 올리브나무처럼 무럭무럭 자라났다.

하지만 커다란 머리를 제대로 가누지 못하는 아이는 몸을 질질 끌고 다녀야만 했으며, 위태롭게 걸어가다가 주변의 물건에 부딪치기 일쑤였다. 또한 툭 하면 넘어졌다.

어느 날이었다. 아이가 계단을 내려오다가 그만 굴러 떨어졌는데, 대리석으로 된 층계 모퉁이에 머리를 부딪치고 말았다. 부모는 아이가 크게 다친 줄 알고 깜짝 놀라 달려왔다. 아이를 일으켜 세워보니, 운이 좋았는지 몸에 약간의 상처가 있을 뿐 머리에는 아무 이상이 없었다. 그런데 놀랍게도 금발 머리카락에 황금 부스러기 두세 조각이 달라붙어 있는 것이었다.

이 일로 인해 부모는 이 아이가 황금 뇌를 가지고 있다는 사실을 처음 알게 되었다. 그리고 이 사실을 비밀에 붙였다.

아이는 자신이 황금 뇌를 가졌다는 사실을 꿈에도 알지 못했다. 하지만 왜 전처럼 밖에 나가 아이들과 놀면 안 되는지를 가끔 묻곤 했다.

"얘야, 나쁜 사람이 너를 데려갈까 봐 걱정돼서 그런단다."

어머니는 이렇게 대답해 줄 수밖에 없었다.

그 뒤로 아이는 나쁜 사람이 자신을 잡아가는 것이 두려웠기 때문에 집 안에서만 놀았다. 아이는 무거운 머리를 질질 끌고

이 방 저 방을 돌아다니는 것이 노는 것의 전부였다.

아이가 열여덟 살이 되자, 비로소 부모들은 아들에게 그가 태어나면서부터 받은 신기한 뇌에 대한 이야기를 해주었다. 그리고 지금껏 잘 돌보고 키워주었으니, 그 보답으로 머릿속에 든 황금을 조금만 나눠달라고 부탁했다.

그는 몹시 놀랐지만, 조금도 망설이지 않고 호도만한 크기의 금덩어리를 떼어내어 어머니 무릎 위에 놓았다. 물론, 그가 어떤 방법으로 머리에서 황금을 떼어냈는지는 아무도 몰랐다.

자기 머릿속에 감추어진 놀라운 재물을 알게 된 그는 갑자기 의기양양해져서 집을 떠났다. 그 황금을 마음껏 써보기 위해, 부모님의 사랑을 뒤로 한 채 정처 없는 길을 떠난 것이다.

그는 물 쓰듯이 황금을 뿌리면서 마치 왕족이라도 된 것처럼 호화롭게 생활했다. 그의 황금 뇌는 아무리 떼어내도 줄어들지 않는 보물 창고 같았다.

그러나 그게 아니었다. 그의 뇌는 점점 비어 가고 있었다. 그리고 차츰 그의 눈빛도 흐려지고, 볼이 움푹 파이면서 여위어 갔다.

정신없이 놀고 마시며 밤을 지새운 어느 날 아침, 이 황금 뇌를 가진 사나이는 남겨진 음식 찌꺼기와 꺼져 가는 촛불 앞에 혼자 남아 있었다.

그는 문득 자기 머릿속에 가득 차 있던 황금이 엄청나게 줄어들었다는 사실을 깨닫고는 가슴이 철렁 내려앉았다. 자기 머리에 구멍이 뻥 뚫려 있다는 생각이 들자, 오싹 소름이 끼치면서 정신이 번쩍 났다.

그 뒤로 그는 새로운 생활을 시작했다. 그동안 함께 어울렸던 사람들을 멀리하고, 다른 사람들처럼 열심히 일하여 돈을 벌었다. 또한 모든 유혹을 뿌리치면서, 황금 뇌를 가졌다는 사실조차 잊으려고 노력했다.

그런데 불행하게도 예전에 알고 지내던 한 친구가 그의 비밀을 알아냈다.

어느 날 밤, 이 가엾은 황금 뇌의 사나이는 참을 수 없을 정도로 머리가 아파 잠에서 깨어났다. 간신히 일어나서 보니, 그 친구가 뭔가를 외투 속에 감추고 달빛 속으로 도망치고 있는 것이 아닌가. 또다시 뇌가 줄어든 것이다.

그런 일이 있고 나서 얼마 뒤에, 황금 뇌의 사나이는 한 여자를 사랑하게 되었다. 그는 아름다운 금발을 지닌 그녀를 온 마음을 바쳐 사랑했다. 여자도 그를 좋아했다. 그러나 그녀는 자신을 좋아하는 남자보다도 방울 달린 예쁜 리본이나 하얀 깃털 장식, 팔랑거리는 금줄이 달린 값비싼 구두 장식 등을 더 좋아했다.

작은 새처럼 귀엽고, 인형처럼 사랑스런 이 여자는 손에 들어오는 황금을 눈 깜짝할 사이에 다 써 버렸다. 그녀는 이 세상의 모든 것을 다 갖고 말겠다는 듯이 끊임없이 황금을 원했다.

하지만 그는 변덕스러운 그녀의 마음을 상하게 하고 싶지 않

아서, 황금을 달라고 내미는 그녀의 손을 한번도 거절하지 않았다. 뿐만 아니라, 그녀가 놀라거나 실망할까봐서 자신의 머릿속에서 황금이 나온다는 슬픈 비밀을 말하지 않았다.

"우리는 굉장히 부자죠? 그렇죠?"

그녀가 이렇게 물으면, 사나이는 이렇게 대답하곤 했다.

"물론이지. 우리는 부자야."

그러면서 사나이는 아무것도 모른 채 자신의 두뇌를 쪼아 먹는 이 작은 파랑새에게 사랑이 가득 담긴 미소를 지어 보였다.

하지만 늘 그런 것은 아니었다. 그는 가끔씩, 황금을 아끼지 않으면 죽을지도 모른다는 두려움에 사로잡히곤 했다. 그럴 때면, 황금을 좀 더 아껴야겠다고 다짐했다.

하지만 그럴 때마다 여자가 춤추듯이 달려와서 사랑스러운 표정을 지으며 종알댔다.

"우리는 아주 큰 부자죠? 아, 난 정말 행복해요. 아주 비싼 거라도 다 사주실 거죠?"

그러면 그는 또다시 머리에서 황금을 꺼내어 그녀를 위해 값비싼 물건을 사서 선물했다.

그런 생활이 2년이나 계속됐다. 그러던 어느 날 아침, 아무 까닭도 없이 귀여운 여자가 새처럼 죽고 말았다.

황금은 이미 거의 바닥이 났지만, 그는 마지막 남은 황금마저 꺼내서 그녀를 위해 성대한 장례식을 치러주었다.

엄숙하게 울려 퍼지는 애도의 종소리, 검은 커튼을 두른 장중한 마차, 깃털로 장식한 말, 은구슬이 박힌 비로도…… 하지만 그는 이 모든 것이 전혀 의미도 없었고, 아름답게 보이지도 않았다.

사랑하는 파랑새를 잃은 그에게, 이제 황금 따위는 아무 소용이 없었다.

그는 뇌에서 황금을 떼어내어 교회에도 헌납하고, 관을 메고 가는 일꾼들과 꽃을 파는 소녀들에게도 아낌없이 나누어주었다.

장례식이 끝나고 묘지에서 돌아왔을 때는, 그의 신비한 머리에 단 몇 조각의 황금 부스러기만 남아 있을 정도로 텅 비어 있었다.

사나이는 양손을 축 늘어뜨린 채 비틀거리면서 미친 사람처럼 거리를 헤매고 다녔다.

어느 날 저녁, 상점에 불이 켜질 무렵 그는 진열대 앞에 멈춰 섰다. 그 안에는 예쁜 옷과 장신구들이 불빛을 받아 눈부시게 반짝이고 있었다.

그는 꼼짝 않고 서서 가장자리를 백조 깃털로 장식한 파란 구두를 뚫어질듯 바라보았다.

"그녀에게 이 구두를 선물하면 몹시 좋아할 거야."

들릴 듯 말 듯하게 중얼거리는 그의 얼굴에 모처럼 환한 미소가 떠올랐다. 그리고 그녀가 죽었다는 사실을 까맣게 잊은 그는,

그 구두를 사러 상점 안으로 들어갔다.

상점 안쪽에 있던 여주인은 점원의 자지러지는 듯한 비명 소리에 놀라 허겁지겁 뛰어나왔다. 그런데 한 남자가 진열대에 몸을 기댄 채 괴로운 듯한 표정으로 자기를 바라보고 있는 것이 아닌가. 여주인은 겁에 질려 뒷걸음질 쳤다.

황금 뇌의 사나이가 가장자리를 백조 깃털로 장식한 파란 구두를 한 손에 든 채, 피투성이가 된 또 다른 손으로 마지막 남은 황금 부스러기를 여주인에게 내밀고 있었던 것이다.

부인, 이것이 황금 뇌를 가진 사나이의 이야기랍니다.

꿈같은 이야기로 들릴지도 모르지만, 하나에서 열까지 모두가 사실입니다.

세상에는 아무런 가치도 없는 일을 위해 황금 — 이를테면 자신의 영혼 — 을 갉아먹는 가련한 사람들이 적지 않습니다.

그들에게는 하루하루의 삶이 괴로움의 연속일 것입니다. 그러나 한번 빠져들면 쉽게 헤어날 수 없는 모양입니다.

월요 이야기

# 마지막 수업
## — 어느 알자스 소년의 이야기

    그날 아침, 나는 학교에 지각을 했다. 더구나 아멜 선생님께서 프랑스어 분사(分詞)에 대해 질문한다고 하셨는데, 전혀 외우지 못했다. 이래저래 혼날 일이 걱정되자, 잠깐이지만 엉뚱한 생각까지 했을 정도였다.

    '차라리 수업을 빼먹고 들판으로 놀러나 갈까?'

    하지만 나는 학교로 발길을 돌렸다.

    날씨는 화창하고 맑았다. 숲에서는 티티새가 지저귀고 있었고, 제재소 뒤편에 있는 리페르 벌판에서는 프러시아 병사들이 훈련하는 소리가 들려왔다.

    이런 것들은 분사의 규칙 이상으로 내 마음을 끌어 설레게 했다. 그러나 나는 마음을 단단히 먹고 학교 쪽을 향해 부랴부랴 달려갔다.

    면사무소 앞을 지나갈 때, 게시판 앞에 많은 사람들이 모여 있는 것이 눈에 띄었다.

'또 무슨 일이 있는 거야?'

그 게시판에는 늘 좋지 않은 소식들이 붙어 있었기 때문에 나는 대수롭지 않게 생각했다. 2년 전부터 패전이니, 징발이니, 군사령부의 명령이니 하는 나쁜 소식만 우리에게 전해 준 게시판이었다.

그런데 내가 막 광장을 가로질러 달려가려 할 때, 견습공과 함께 게시판을 보고 있던 대장장이 와슈테 영감님이 나를 향해 소리쳤다.

"얘야, 너무 서둘지 마라. 어차피 학교에 지각할 염려는 없으니까."

나는 영감님이 날 놀리는 것이라고 생각했다. 그래서 급하게 숨을 몰아쉬며 아멜 선생님의 작은 마당인 운동장으로 뛰어갔다.

그런데 참으로 이상했다. 보통 때는, 수업이 시작될 무렵이면 책상 끄는 소리와 문장을 외우기 위해 귀를 막고 큰 소리로 읽어 대는 소리, 조용히 하라며 탁자를 두드리는 아멜 선생님의 철제로 된 막대기 소리가 큰길까지 들릴 만큼 소란스럽기 일쑤였다. 그래서 나는 이런 소란스러운 틈을 타서 살그머니 내 자리로 가서 앉을 셈이었다.

하지만 그날은 여느 때와는 달랐다. 마치 일요일 아침처럼 조용하기만 했다. 열린 창 너머로 보니, 친구들은 모두 다 이미 제자리에 앉아 있었다. 그리고 아멜 선생님은 그 무서운 철제 막대기를 겨드랑이에 낀 채 왔다 갔다 하고 계셨다.

나는 하는 수 없이 문을 열고 조용하기만 한 교실 속으로 들어갈 수밖에 없었다. 그 순간 내 얼굴이 얼마나 빨개졌고, 또 얼마나 두려움에 사로잡혔을지는 여러분의 상상에 맡기겠다.

그런데 참으로 의외였다. 아멜 선생님은 전혀 화를 내지 않으셨고, 오히려 조용히 나를 바라보면서 부드러운 목소리로 말씀하셨다.

"프란츠, 얼른 네 자리에 가서 앉아라. 하마터면 너를 빼놓고 수업을 시작할 뻔했구나."

나는 걸상을 넘어 내 자리로 가서 앉았다. 그제야 두렵고 긴장된 느낌이 사라졌다.

잠시 후에야, 나는 선생님이 초록색 프록코트를 입고 계신 걸 깨달았다. 뿐만 아니라 가는 주름이 잡힌 장식을 가슴에 달고, 검정 비단에 수가 놓여진 둥근 모자까지 쓴 것이 눈에 들어왔다. 장학관이 오는 날이나 시상식이 있는 날이 아니면 좀처럼 볼 수 없는 차림이었다.

게다가 교실 전체에 평소와는 다른 이상하고 엄숙한 기운이 감돌았다. 더욱 놀라운 것은 늘 비어 있던 교실 뒷자리에 마을 어른들이 엄숙한 모습으로 조용히 앉아 있는 것이었다. 그곳에는 삼각 모자를 쓴 오제 영감님과 예전에 면장을 지내셨던 분, 그리고 우편배달을 했던 아저씨와 또 다른 어른들이 앉아 있었다.

그들은 모두 슬픈 표정이었다. 특히 오제 영감님은 가장자리
가 닳은 헌 프랑스어 책을 무릎 위에 펴놓고 그 위에 커다란
안경을 놓아두고 있었다.

내가 이런 모습들을 보고 어리둥절해하고 있는 동안, 아멜 선
생님이 교단으로 올라가셨다. 그리고 나에게 말할 때처럼 부드럽
고 가라앉은 목소리로 말씀하셨다.

"여러분, 이 시간이 내가 여러분을 가르칠 수 있는 마지막 수업
입니다. 알자스와 로렌 지방의 학교에서는 이제 독일어만 가르치
라는 명령이 베를린에서 시달되었습니다. 새 선생님은 내일 오실
겁니다. 오늘이 여러분의 마지막 프랑스어 수업입니다. 그러니
이 수업을 부디 잘 들어주시기 바랍니다."

(1871년, 프로이센-프랑스 전쟁이 끝나자 프랑스는 알자스와 로렌
지방을 독일에게 내주었다.)

선생님의 이 몇 마디 말에 나는 정신이 아찔했다. 아아, 이
나쁜 놈들!

'면사무소 앞 게시판에 붙은 내용이 바로 이것이었구나.'

아, 나의 마지막 프랑스어 수업……!

난 이제 겨우 글씨를 쓸 줄 알게 되었는데, 더 이상 배울 수가
없다니……. 이것으로 끝이란 말인가.

그 순간, 나는 지금까지 헛되게 보낸 시간을 얼마나 후회했는

지 모른다. 수업을 빼먹고 새를 잡으러 다닌 일, 강으로 미끄럼을 타러 쏘다녔던 일들이 하나하나 스쳐 지나갔다.

그리고 조금 전까지만 해도 그토록 지겹고 답답하게 느껴졌던 문법책과 이야기로 엮어진 성경 등이 이젠 헤어지기 섭섭한 친구처럼 느껴졌다.

아멜 선생님도 마찬가지였다. 다시는 선생님을 못 만날 것이라는 생각이 들자, 선생님께 벌을 받거나 철제 막대기로 맞은 일들이 모두 새삼스러웠다.

가엾은 선생님!

선생님이 예복을 입고 오신 것은 이 마지막 수업을 위해서였다. 그리고 나는 그제야 마을 어른들이 교실 뒷자리에 앉아 있는 이유도 알아차렸다.

그것은 마치 그들이 학교에 좀 더 자주 와보지 못한 것을 후회하는 의미 같았다. 또한 그것은 40년간이나 학교를 위해 애쓰신 우리 선생님에 대한 감사의 표시이며, 사라져 가는 조국 프랑스에 대한 마지막 의무를 다하기 위한 마음의 표시라고 여겨졌다.

내가 이런 생각에 잠겨 있을 때, 선생님이 내 이름을 부르셨다. 내가 그렇게 어려워했던 프랑스어 분사를 외울 순서가 되었던 것이다.

'내가 분사의 규칙을 하나도 틀리지 않고, 큰 소리로 끝까지 외울 수 있다면 얼마나 좋을까?'

하지만 나는 처음 두세 마디부터 더듬거리기 시작했다. 그래서 고개도 들지 못한 채 자리에 서서 몸을 비비꼬며 안절부절못했다. 그러자 아멜 선생님이 말씀하셨다.

"프란츠, 너를 야단치진 않겠다. 이미 속으로 충분히 반성하고 있을 테니까. 다 그런 거야, 프란츠. 대부분의 사람들은 '서둘 것 없어. 내일 배우면 되지 뭐' 하고 미루길 좋아한단다. 하지만 그 결과 어떤 일이 생겼니? 네가 지금 보고 있듯이, 바로 이런 거야……. 자녀의 교육을 내일로 미루는 것이야말로 우리 알자스의 가장 큰 불행이었지. 지금, 저 사람들은 우리에게 이런 말을 할 권리가 있는 거야. '뭐야? 프랑스 사람이라고 우겨대더니, 자기 나라 말도 읽고 쓸 줄 모르지 뭐야!' 하지만 프란츠, 그건 너만의 잘못이 아니란다. 잘못은 우리들 모두에게 있는 거지. 부모님들은 자식들의 교육에는 별 관심을 두지 않으셨어. 공부를 시키기보다는 한 푼이라도 더 벌기 위해 너희들을 밭이나 실 뽑는 공장으로 보내고 싶어 하셨지. 하긴, 나 자신만 하더라도 잘못한 일이 어디 한두 가지겠니. 수업시간에 공부는 가르치지 않고 이따금 정원에 물을 주라고도 시켰고, 송어 낚시를 가고 싶을 때 너희들을 쉬게 한 적도 있었으니까……. 미안하구나."

이어서 아멜 선생님은 우리들에게 프랑스어에 대한 여러 가지 이야기를 들려주셨다. 특히 프랑스어는 세계에서 가장 아름다운 언어이며 가장 명확하고 가장 확실한 말이라는 것, 그리고 우리

는 프랑스어를 끝까지 지켜서 결코 잊어버리지 말아야 한다는 것을 강조하셨다. 그러면서 한 민족이 남의 나라의 노예 신세가 되더라도 자기 나라 말을 잘 간직하면, 그것은 마치 감옥의 열쇠를 쥐고 있는 것이나 마찬가지라고 덧붙이셨다.

그리고 난 뒤, 선생님은 문법책을 들고 우리가 배울 부분을 읽어주셨다. 나는 그렇게도 어렵기만 하던 프랑스어를 내가 이토록 잘 이해할 수 있다는 데 깜짝 놀랐다. 선생님이 말씀하시는 모든 것이 너무 쉽게만 느껴졌다.

그렇다. 나는 지금까지 선생님의 가르침에 이처럼 열심히 귀

기울인 적이 없었다. 선생님 역시 이처럼 정성을 다해 설명해 주신 적이 없었으리라. 선생님은 마치 학교를 떠나기 전에 자신이 알고 있는 모든 지식을 우리에게 다 전해 주시려고 결심한 것처럼 여겨졌다.

　문법 시간이 끝나고, 다음에는 글쓰기 시간이 되었다. 아멜 선생님은 이날을 위해서 새로운 글씨본을 준비해 온 모양이었다. 거기에는 예쁘고 동그란 글자로 '프랑스, 알자스, 프랑스, 알자스'라고 쓰여 있었다. 그것은 마치 책상 위에 수없이 많이 꽂힌 조그만 깃발들이 온 교실을 둘러싸며 펄럭이는 것 같았다.

　우리들이 얼마나 조용한 상태에서 열심히 썼는지, 종이 위로 미끄러지는 펜 소리 외에는 아무 소리도 들리지 않았다. 그때 갑자기 풍뎅이 몇 마리가 교실로 날아 들어와 윙윙거렸지만, 거기에 정신을 파는 사람은 아무도 없었다. 마치 선 하나 긋는 것조차도 프랑스어에 속한 것인 양, 어리기만 한 우리들도 용기와 신념을 갖고 정성을 다해 한 획 한 획 그어 나갔다.

　학교 지붕 위에서는 비둘기들이 나지막한 소리로 울고 있었다. 나는 그 소리를 들으며 생각했다.

　'그들은 머지않아 저 비둘기들에게도 독일어로 울라고 명령할지도 몰라……'

　가끔 책상에서 눈을 떼어 고개를 들 때마다, 아멜 선생님은 꼼짝도 하지 않은 채 교단에 서서 주변의 물건들을 뚫어지게 바라보았다. 마치 이 작은 학교에 있는 모든 것을 자기 눈 속에 담아 가지고 가려는 듯이…….

생각해 보라! 선생님은 40년 동안이나 이곳에서 정원을 바라보셨을 것이고, 같은 교실을 지켜오셨을 것이다. 그 오랜 세월을 증명이라도 하려는 듯 책상과 의자가 긁히고 닳아서 반질거리고 있었다. 또한 뜰 안에 심은 밤나무들이 훌쩍 자라 있었다. 다만, 선생님이 손수 가꾼 호프나무 덩굴이 지붕까지 닿을 정도로 자라서 창문을 장식하고 있는 것이 그 옛날과 다를 뿐…….

정들었던 모든 것들과 이별해야 한다는 것과, 위층 방에서 짐을 챙기느라 왔다 갔다 하는 누이동생의 발소리를 견뎌야 하는 것이 선생님으로서는 얼마나 큰 고통이며 슬픔이겠는가? 이튿날이면 그들은 이곳을 영영 떠나가야만 했던 처지였던 것이다.

그러나 선생님께서는 우리의 마지막 수업을 끝까지 계속하겠다고 굳게 결심하신 듯했다.

글쓰기가 끝나고, 다음은 역사 시간이었다. 역사 공부를 한 다음에는 모두 함께 '바(Ba) · 베(Be) · 비(Bi) · 보(Bo) · 부(Bu)'를 노래했다.

교실 뒤편을 보니, 오제 영감님도 안경을 쓴 채 프랑스어 책을 들고 우리들과 함께 따라 읽고 있었다. 영감님은 무척 열심이었는데, 목소리는 감동에 젖어 떨고 있었다. 그 목소리가 너무나

우스워서, 우리들은 웃어야 할지 울어야 할지 모를 지경이었다.

아, 나는 이 마지막 수업을 언제까지나 잊지 못하리라……

그때 성당의 괘종시계가 낮 12시를 알렸고, 이어서 삼종 기도의 종소리가 울려 왔다. 그와 동시에 훈련을 마치고 돌아오는 프러시아 병사들의 나팔 소리가 우리 교실의 창문 바로 밑에서 요란하게 울려 퍼졌다.

그러자 아멜 선생님은 몹시 창백한 얼굴을 한 채 교단 위에 우뚝 섰다. 선생님이 그렇게 커 보인 적은 지금까지 한번도 없었다.

"여러분, 나, 나는…… 나는……."

선생님은 목이 메어 더 이상 말을 계속 이을 수가 없는지, 말을 끝맺지도 못한 채 칠판 쪽으로 돌아섰다. 그리고는 분필을 집어든 다음 온힘을 다해 아주 커다란 글씨로 이렇게 쓰셨다.

'VIVE LA FRANCE(프랑스 만세)!'

그리고 나서 선생님은 머리를 칠판에 기댄 채 꼼짝하지 않고 한참을 서 계셨다. 그러더니 말없이, 우리를 향해 손짓으로 말씀하셨다.

"이제 끝났습니다……. 모두 돌아가십시오."

# 베를린 포위

우리는 샹젤리제 거리를 의사 V씨와 함께 걸어가고 있었다. 포탄으로 구멍이 뚫린 벽과 총알을 맞아 부서진 보도를 보니, 파리가 포위되었을 때의 일이 새삼 떠올랐다.

개선문 광장으로 이어지는 지점에 왔을 때, V씨는 잠시 멈춰 서며 주변을 둘러보았다. 그러더니 오밀조밀하게 모여 있는 건물들 중에서 모퉁이에 자리한 한 건물을 가리키며 말했다.

"저기 보이는 저 높다란 건물의 발코니 위에 꼭 닫혀져 있는 창문 네 개가 보이지요? 작년 8월 초순, 전쟁과 재난이 계속되던 어느 날 그곳에 급성 뇌졸중 환자가 있다고 하기에 왕진을 간 적이 있었지요."

의사 V씨는 회상에 잠겨 이야기를 시작했다.

그곳은 제1 제정시대(1804년~1814년, 나폴레옹 1세 황제 시대)

당시의 기병 장교였던 늙은 듀브 대령의 집이었어요. 그는 명예와 애국심으로 똘똘 뭉친 사람이었지요.

대령은 전쟁 초기부터 상제리제 거리에 있는 발코니가 딸린 저 집으로 이사 와서 살고 있었어요. 그는 프랑스군이 개선하는 광경을 보기 위해서 저 집으로 이사 왔다고 하더군요.

그런데 그날, 식탁에서 일어서려 할 때 비셀부르크의 패전 소식을 듣게 되었대요. 패전 소식을 전하는 기사의 끝머리에 나온 나폴레옹의 이름을 보는 순간 번개라도 맞은 것처럼 충격을 받고 쓰러진 거지요.

내가 도착했을 때, 대령은 마치 몽둥이로 세게 머리를 얻어맞은 것처럼 기력 없는 얼굴로 거실 카펫 위에 길게 누워 있더군요. 일어서면 상당히 키가 클 것 같은 모습이었지요.

얼굴이 참으로 잘생겼더군요. 맑은 눈과 오뚝한 코, 고른 치아와 곱슬곱슬하면서 숱이 많은 백발…… 여든이 넘었다고 하는데, 얼핏 보기에는 예순 정도로밖에 보이지 않았어요.

그의 옆에는 온통 눈물에 젖은 손녀가 무릎을 꿇고 앉아 있었는데, 할아버지를 꼭 닮았더군요. 같은 형태로 만든 두 개의 아름다운 그리스 메달처럼 보일 정도였답니다. 단지 한쪽이 낡고 오래되어 윤곽이 희미해졌다면, 또 다른 한쪽은 새로 새긴 것처럼 선명하고 밝은 광택을 지니고 있었지요.

슬픔에 잠긴 손녀를 보니 내 마음이 아프더군요. 할아버지도 군인이지만, 아버지 역시도 군인으로 막마옹 장군의 참모로 근무하고 있는 중이었지요. 그래서 자기 앞에 쓰러져 있는 할아버지의 모습을 보며 아버지에게도 위험이 닥칠지 모른다는 걱정을 하고 있는 것 같았어요.

나는 아가씨를 안심시키려고 애썼지만, 그다지 희망을 줄 수 있는 상황은 아니었어요. 늙은 대령은 몸의 반쪽이 마비된 데다, 나이가 워낙 많다보니 회복될 가망이 거의 없었으니까요.

예상했던 대로 환자는 꼬박 사흘을 혼수상태에 빠져 깨어나지 못했답니다.

걱정과 두려움으로 하루하루를 보내던 어느 날, 라이히스 호헨의 승전 소식이 파리에 전해졌어요. 그때도 그랬지만, 지금 생각해도 그것은 기적이라고밖에 생각되지 않는 일이었죠. 프러시아 군인 2천 명이 전사하고, 그 나라 왕자가 포로로 잡혔다는 소식이었으니까요. 우리는 모두 승리를 확신하고 환호성을 올렸지요.

그런데 참으로 놀라운 일이 일어났어요. 죽은 듯이 사흘간이나 누워 있던 노인이 의식을 찾기 시작했으니 말입니다. 온 나라를 들끓게 한 기쁨의 함성이 노인을 깨어나게 한 것이 아닌가 하는 생각까지 들더군요.

아무튼 그날 밤, 노인은 전혀 다른 사람 같아 보였어요. 그가 눈을 뜬 것은 물론이고, 기력이 어느 정도 회복되자 내게 미소를 지어 보였으니까요. 더듬거리기는 했지만, 두 번이나 또렷하게 이렇게 말을 했답니다.

"승…리, 승…리!"

"그렇습니다, 대령님. 그것도 완전한 대승리입니다."

내가 우리의 영웅인 막마옹 장군의 승리에 대해서 자세히 설명해 주자, 늙은 대령의 얼굴에 생기가 돌더니 희미하게나마 미소가 번지가 시작했어요.

내가 방 밖으로 나오자, 손녀가 하얗게 질린 얼굴로 문 앞에 서 있었어요. 눈에 눈물이 그렁그렁한 채로……

"이제 안심해도 돼요. 할아버지께서 깨어나셨어요."

아가씨의 손을 꼭 잡으며 이렇게 말했지만, 그녀는 계속 울먹이더군요.

그때 마침, 라이히스 호헨의 전투에 관한 진상이 밝혀졌지요. '막마옹 장군 패전, 프랑스군 전멸'이라는 게시문이 나붙은 거예요.

우리는 너무 놀라, 서로 얼굴을 마주 보며 한참 동안 멍하니 있었어요. 조금 전까지만 해도 우리 프랑스가 대승리를 거둔 줄 알고 있었으니까요.

아가씨는 아버지를 걱정하며 더 큰 슬픔에 잠겼고, 나 역시도 노인을 생각하니 눈앞이 캄캄해지더군요. 순식간에 상황이 뒤바뀌고 말았으니, 노인이 충격을 감당하지 못하리라는 건 불 보듯

뻔한 일이었지요.

어떻게 하면 좋을까……? 그를 소생시킨 환상을 깨지 않을 방법이 없을까? 아무리 생각해도 방법은 하나밖에 없었어요. 거짓말을 할 수밖에 도리가 없었던 거죠.

"좋아요, 할아버지를 위해서라면 거짓말이라도 해야지요!"

아가씨는 눈물을 닦더니, 갑자기 씩씩한 목소리로 단호하게 외치더군요. 그리고는 밝은 표정을 지으며, 할아버지가 누워 있는 방으로 들어갔어요. 그녀는 정말 힘든 일을 떠맡은 셈이지요.

그래도 처음에는 노인의 의식이 분명하지 않아서 그럭저럭 넘어갈 수 있었어요. 무슨 말을 하든 어린아이처럼 철석같이 믿었으니까요. 그러나 몸이 차츰 회복되자, 정신도 점점 또렷해졌어요. 그러자 이것저것 묻는 것도 많아졌어요. 군대의 이동 상황 등을 낱낱이 알려주어야 했고 심지어는 보고서도 작성해야만 했어요.

가냘픈 아가씨가 밤이나 낮이나 할 것 없이, 독일 지도를 펼쳐 놓고 그 위에 얼굴을 파묻고 있는 모습은 정말 옆에서 보기에도 딱했어요. 진지 분포를 연구하여, 거기에 알맞게 프랑스군의 승리를 조작한 후 깃발을 꽂기까지 했으니까요. 바젠 장군은 베른으로 향하고, 프로살 장군은 바이에른으로 진군했으며, 막마옹 장군은 발틱 해에서 전투중이라는 식으로……

나도 힘닿는 데까지 도와주려 했지만, 이 상상 속의 전투를 가장 많이 도와준 사람은 다름 아닌 늙은 대령이었어요. 노인은 제1 제정시대에 독일을 정복한 경험이 여러 번 있었거든요. 그러니 군대의 작전이나 이동 경로 등을 훤히 알고 있었던 거지요.

"이번에는 아마 이쪽으로 진격할 것 같군. 틀림없이 그렇게 할 거야."

당연히 그의 예상은 언제나 꼭 맞아떨어졌지요. 그때마다 노인은 얼굴 가득 기쁜 표정을 지으며 다소 우쭐해하기까지 했어요.

하지만 아무리 프랑스군이 도시들을 점령하고 싸움에 이겨도, 실제로 이루어지는 건 아무것도 없었지요. 노인이 원하는 대로 빨리 진격할 수 없었으니까요. 게다가 노인의 바람이 어찌나 크던지……

나는 왕진을 갈 때마다, 나는 새로운 승전 소식을 들어야 했어요. 어느 날, 현관문을 들어서자마자 손녀가 애처로운 미소를 띤 채 내게 다가와 이렇게 말했어요.

"선생님, 프랑스군이 마이얀을 점령했대요."

그 말이 끝남과 동시에 늙은 대령이 누워 있는 방에서 기쁨에 들뜬 목소리로 외치는 소리가 들려왔어요.

"아무렴, 그래야지. 이젠 일주일만 있으면 문제없이 베를린에 입성할 거야."

하지만 현실은 정반대로 돌아가고 있었어요. 일주일 안에 프러시아 군대가 파리에 닿을 수 있는 위치까지 와 있었거든요.

손녀와 나는 할아버지를 시골로 옮기는 것에 대해서도 생각해 봤어요. 그러나 밖으로 한 발자국만 나가면, 현재 프랑스가 처한 상황을 알아 버릴 것이 뻔했기에 선뜻 움직일 수도 없는 노릇이었지요.

모든 상황을 사실대로 밝히고도 싶었지만, 노인의 몸이 완전히 회복되지도 않았을 뿐더러 마비도 덜 풀린 상태라서 그럴 수가 없었어요. 만약 충격으로 또다시 쓰러지면, 그땐 정말 다시 소생할 가망이 없었기 때문이지요. 그래서 어쩔 수 없이 그대로 파리에 머물러 있을 수밖에 도리가 없었어요.

프러시아 군대가 파리를 포위하고 공격을 시작하던 날, 나는 그 집으로 갔어요. 아, 지금도 그때 일이 생생하게 떠오르는군요. 파리에 있는 모든 성문이 폐쇄되고, 성벽 아래서는 치열한 전투가 벌어졌지요. 급기야는 파리가 함락되고 말았기 때문에 흥분하지 않을 수가 없었어요.

내가 노인의 방으로 들어갔을 때, 놀라운 일이 벌어졌어요. 아무것도 모르는 노인은 반쯤 몸을 일으킨 채 침대에 앉아, 신이 난 듯한 표정으로 연신 싱글벙글 웃으며 이렇게 소릴 치더군요.

"자, 드디어 포위를 위한 공격이 시작되었다구!"

나는 당황한 표정을 감추지 못하고, 그의 얼굴을 바라보며 물었어요.

"아니, 대령님! 벌써 알고 계셨습니까?"

그러자 바느질을 하고 있던 손녀가 재빨리 나에게 눈짓을 하며, 침착한 목소리로 이렇게 말했어요.

"네, 할아버지께서도 베를린 공격이 시작되었다는 것을 알고 계십니다. 그래서 저렇게 기뻐하시는 거예요."

손녀가 너무나 침착하고 태연하게 행동했기 때문에 노인은 어떤 의심도 하지 않았던 거죠. 게다가 그는 진지의 대포 소리도 들을 수 없고, 참혹한 파리 시내도 볼 수 없었으니까요.

그가 침실에서 볼 수 있는 것은 창문 귀퉁이로 내다보이는 개선문의 일부와 방 안에 있는 골동품뿐이었어요. 벽에 걸린 국가 원수의 초상화와 전쟁 상황이 새겨진 판화, 전리품인 구리로 장식된 크고 튼튼한 탁자와 그 위에 놓여 있는 메달이라든가 청동으로 만들어진 몇 가지 물건들 그리고 유리함 속에 담긴 암석 등……. 또한 매혹적인 눈과 구불구불한 머리를 가진 부인이 소매를 부풀린 노란 무도복을 입고 있는 그림과 제정시대의 유물인 골동품 몇 개가 전부였으니까요.

우리가 지어낸 거짓 승리와 정복의 분위기를 한껏 돋우는 것들이 집 안을 가득 채우고 있었던 거지요. 그래서 늙은 대령은 순진하게도 베를린 포위를 곧이곧대로 믿을 수 있었던 모양입니다.

그날부터 우리의 작전은 매우 간단해졌어요. 프랑스군이 베를린을 점령할 날만 기다리면 됐으니까요.

노인이 조금 지루해할 때는 아들이 보내온 편지를 읽어주었어요. 물론 그것도 가짜 편지였지요. 이미 파리는 이미 모든 것이 차단된 상태였거든요. 더구나 막마옹 장군의 참모들은 이미 포로가 되어 독일 요새로 이송된 후였죠.

아버지가 포로가 되었거나 병에 걸렸을지도 모르는 상황에서, 아버지가 쓰는 것처럼 편지를 쓰기란 쉬운 일이 아니었어요. 짧기는 하지만 밝은 내용의 편지를 써야 하는 아가씨의 심정이 어떠했을 지를 한번 상상해 보세요.

때론 이런 편지를 쓸 기력마저 없어져, 몇 주일 동안이나 편지를 쓰지 않기도 했지요. 하지만 그럴 때면 노인이 아들 걱정으로 인해 잠도 제대로 이루지 못하고 노심초사하므로, 또다시 힘을 내서 반가운 편지를 써야 했어요. 그리고는 독일에서 반가운 편지가 왔다고 하면서, 손녀는 눈물을 참아가며 밝은 목소리로 할아버지에게 편지를 읽어드리는 겁니다.

늙은 대령은 그 편지 내용에 귀를 기울이면서, 알겠다는 듯이 조용히 미소 지으며 고개를 끄덕이곤 했어요. 그러면서 때론 칭찬을 하거나 비난을 하기도 하고, 내용이 분명치 않은 경우에는 우리에게 알기 쉽게 설명을 해주기도 했지요.

그러나 무엇보다도 감명을 받았던 것은, 노인이 아들에게 보낸 답장이었어요.

너는 네가 프랑스 인이라는 사실을 결코 잊어서는 안 된다. ……불쌍한 사람들에게는 너그럽게 관용을 베풀어야 한단다. 또한 지나치게 잔인하게 굴거나 약탈해서는 안 된다…….

또한 하느님의 사랑과 다른 사람의 소유권을 존중해야 된다는 것, 그리고 여성들을 대할 때 지켜야 할 예의 등에 대해 상기시키면서 세세한 주의를 주었어요. 이런 것이야말로 정복자가 지켜야 할 규율이라는 점을 강조하면서 말이에요.

그리고 정치에 대한 자신의 생각과 패자에게 행할 강화 조건 등에 관한 의견도 덧붙였어요. 조건을 협의할 때, 결코 지나친 요구를 하지 말라던 당부가 참으로 가슴에 와 닿더군요.

그동안 전쟁에 들어간 비용을 배상 받는 것 외에는, 그 어떤 것도 요구해서는 안 된다.

……영토를 빼앗아 무얼 하겠느냐? 독일 땅을 프랑스 땅으로 만들 수는 없는 것 아니냐……?

노인은 이러한 내용을 또박또박 말한 다음, 손녀에게 받아 적도록 했어요. 그 말속에는 깊은 순수함과 아름답기까지 한 애국적 신념이 담겨 있어서, 듣고 있는 동안 말할 수 없는 감동을 받았답니다.

하지만 그동안에도 끊임없이 공격이 이어지고 있었지요. 유감스럽게도 베를린 포위가 아니라, 파리가 포위되었지만 말이에요.

혹독한 추위와 쉴 새 없이 쏟아지는 폭격, 거기다가 전염병까지 도는 상황에서 파리 시민들은 굶주림에 허덕이며 하루하루를 간신히 버티고 있었어요. 그렇지만 우리는 온 마음을 다해 더욱 세심하게 신경 쓰면서 노인을 돌보았지요. 그 덕분인지, 노인의 상태는 더 나빠지는 일 없이 안정된 상태를 계속 유지했어요.

나는 갖은 노력을 다해 빵과 신선한 고기를 구해, 노인이 제대로 된 식사를 하도록 했어요. 정말이지 노인 혼자 먹을 양밖에

구하지 못했지만……. 모두들 굶주림에 허덕이고 있었으나, 그런 상황을 전혀 모르는 노인은 그다지 감동하지도 않은 채 천진하게 식사를 하곤 했답니다.

늙은 대령이 냅킨을 턱 밑에 대고는 침대 위에서 밝게 미소 짓고 있으면, 손녀는 할아버지의 손을 붙잡고 마실 것을 권하면서 식사를 편히 하실 수 있도록 돕곤 했어요. 그녀는 굶주림에 지쳐 있으면서도, 활기찬 식사 분위기를 만들려고 무척 애를 썼지요.

늙은 대령은 식사 후에 기운을 차리면, 아늑하고 따뜻한 방 안에서 눈보라치는 창 밖을 바라보면서 북유럽에서 있었던 옛 전투를 떠올리곤 했어요. 그러면서 먹을 것이라곤 얼어붙은 비스킷과 말고기밖에 없을 정도로 참담했던 러시아에서의 퇴각 이야기를 몇 번이고 되풀이해서 들려주었지요.

"애야, 믿을 수 있겠니? 먹을 것이 없어서 말고기를 다 먹었단다."

어떻게 모를 수가 있겠어요? 우리도 제대로 된 음식을 먹지 못한 지가 두 달이나 되어 가는데……

날이 갈수록 늙은 대령의 건강은 눈에 띄게 좋아졌어요. 좋아지는 만큼, 우리가 환자를 돌보는 일은 어려워졌지요. 그동안에는 몸이 마비되어 움직이지 못한 탓에 오히려 돌보는 것이 편했는데, 마비되었던 몸의 감각들이 조금씩 풀리기 시작했어요.

적이 일제히 포격을 가하자, 벌써 두세 번이나 깜짝깜짝 놀란 노인이 귀를 세우며 침대에서 일어나려 했어요. 우리는 또다시 거짓말을 할 수밖에 없었죠. 바젠 장군이 베를린에서 거둔 마지막 승리를 축하하기 위해 축포를 쏘아 올리는 소리라고…….

그러던 어느 날이었어요. 아마도 뷔장발에서 전투가 치러진 목요일이라고 기억되는군요. 늘 주의를 기울였는데도, 부족했던 것이 있었던 모양이에요. 노인의 침대가 창가에 옮겨져 있었는데, 그만 그랜드 알머 거리에 모여 있던 국민군의 모습이 시야에 들어오고 만 거죠.

"아니, 저 군대는……? 도대체 저게 뭐냐?"

우리는 늙은 대령이 혼잣말처럼 중얼거리는 소리를 들었지만, 아무 말도 하지 않았어요.

"쯧쯧, 도대체 저게 뭐야. 꼴이 아주 엉망이군."

이때부터 우리는 더 이상 큰 거짓말은 하지 않기로 했어요. 그리고 앞으로 더욱 조심해야 한다면서 긴장하고 있었죠.

그러던 어느 날 밤, 내가 그 집에 갔을 때 손녀가 다가와서 몹시 걱정스런 표정으로 말했어요.

"드디어 내일 입성한다는 소문이 들리더군요."

그런데 그때 마침 늙은 대령의 방문이 열려 있었던 모양이에요. 나중에 곰곰 떠올려보니, 그날 밤 노인이 심상치 않은 표정을 짓고 있었다는 생각이 들더군요. 아마 우리가 주고받는 이야기를 들으신 것 같았어요.

우리는 프러시아 군대 이야기를 했던 거지만, 노인은 그것을 당연히 프랑스 군대 이야기로 받아들였지요. 늙은 대령은 오랫동안 손꼽아 기다렸던 개선군의 입성을 떠올리면서 가슴 벅차하는 것 같았어요.

악대의 행렬이 행진하는 거리에서 쏟아져 나온 인파의 환영을 받으며 꽃 속에 파묻혀 있을 막마옹 장군, 그 곁에서 장군을 보좌하며 행진하는 자신의 아들 모습을 떠올렸겠지요. 그리고 비록 거리로 나가지는 못하지만, 뤼첸의 싸움에서처럼 화려한 정장 차림으로 발코니 위에서 군기에 경례하는 자신의 모습도 함께 떠올리는 듯했어요.

아아, 가엾은 듀브 대령!

늙은 대령은 이러한 생각으로 몹시 흥분해 있었고, 우리는 노인의 흥분을 가라앉혀야만 했어요. 하지만 그는 자신의 건강을 염려해서 우리가 말리는 것으로만 생각했던 것 같아요. 그래서인지 우리에게 아무것도 묻지 않고 자신의 흥분을 가라앉히려고 애쓰더군요.

다음 날, 포르마이요에서 튈르리에 이르는 진격로를 따라 프러시아 병사들이 행진을 하고 있을 때였어요. 갑자기 발코니 창문이 스르르 열리더니, 늙은 대령이 창문 밖으로 모습을 나타냈지 뭐예요.

씩씩하고 용감했던 예전의 미요 연대 기병 대령이 다시 나타난 것처럼, 늙은 대령은 멋진 투구에 칼을 차고 명예로운 옛 군복을 단정하게 차려입었더군요.

어떤 힘이 병상의 노인을 자리에서 일으켜 그렇게 움직이게 했을까요? 아직도 불가사의하게 생각되는 일이지만, 그것은 불굴의 의지와 생명력이 없으면 불가능했을 겁니다. 아무튼 늙은 대령이 개선 행진을 보기 위해 발코니 위에 서 있었던 것은 사실이에요.

하지만 그가 내다본 큰길은 텅 비어 있었어요. 환호하는 군중이나 행진하는 악대가 있을 리가 없지요. 오히려 거리는 쥐 죽은 듯이 고요했고, 모든 집들은 문은 굳게 닫혀 있었으니까요. 게다가 평소에는 보지 못했던 흰 바탕에 빨간색으로 십자를 그린 깃발이 여기저기에 나부끼고 있는 데다, 자랑스러운 프랑스군을 맞이하러 나온 사람이 아무도 없는 거리의 적막함에 노인이 얼마나 놀랐겠어요.

노인은 자신이 잘못 본 것이라고 생각했지만, 그것은 착각이 아니었지요. 그때 갑자기 개선문 뒤쪽에서 떠들썩한 소리와 함께 아침 햇살을 받으며 행진하는 프러시아 병사들의 대열이 나타났어요.

뾰족한 투구가 햇살을 받아 번쩍번쩍 빛나는가 싶더니, 북소리를 시작으로 고적대가 군악을 울리기 시작했어요. 이어서 병사들의 무거운 발소리와 짤그락거리는 검 소리에 맞춰 슈베르트의 '개선 행진곡'이 개선문 아래에서 드높게 울려 퍼졌어요.

그 순간, 광장의 깊은 침묵을 깨고 서릿발 같은 무서운 외침 소리가 들려왔어요.

"무기를 들어라, 무기를! 프러시아 군대가 쳐들어온다!"

그때 마침, 프러시아 군대의 선두에서 걷고 있던 네 명의 창을 든 기병이 그 광경을 목격했어요. 키가 큰 한 노인이 발코니 위에 우뚝 서서 칼을 휘두르다가, 마치 커다란 나무가 넘어가는 것처럼 그 자리에 푹 쓰러지는 모습을……

늙은 듀브 대령은 진짜로 죽음을 맞이했던 것입니다.

# 돌아온 알제리 병사

생트마리오민느의 키다리 대장장이 로리 영감은 그날 저녁 기분이 몹시 좋지 않았다.

보통 때의 로리 영감은 대장간의 아궁이 불이 꺼지는 해질 무렵이면, 하루 종일 뜨거운 곳에서 일한 뒤에 밀려오는 피로감을 기분 좋게 느끼곤 했다. 그리곤 견습공들과 함께 문 앞 의자에 앉아, 일을 마치고 집으로 돌아가는 사람들을 바라보면서 시원한 맥주를 한잔씩 마시는 것으로 하루 일과를 마무리했다.

그러나 그날 저녁에는 아궁이의 불이 꺼진 다음에도, 계속해서 가마 앞에만 앉아 있었다. 저녁 식사시간이 되었는데도, 식탁에 앉을 생각조차 하지 않는 것이었다.

평소와 다른 로리 영감의 행동에, 그의 아내는 몹시 걱정스러워했다.

'무슨 일이 있는 걸까? 혹시 군대에 간 큰아들한테서 좋지 않은

소식이라도 전해져 온 것일까? 아니면 병이라도 난 게 아닐까?'

그러나 부인은 아무것도 묻지 않고, 어린 세 아들이 떠들지 않도록 주의만 주었다. 보리이삭처럼 밝은 금발을 한 세 아이가 식탁에 둘러앉아 크림을 얹은 무 샐러드를 맛있게 먹으면서 법석을 떨었기 때문이다.

마침내 로리 영감이 접시를 밀어젖히면서 화를 벌컥 냈다.

"에잇, 악당들 같으니라구!"

"아니, 여보. 누구를 말하는 거예요?"

대장장이 로리 영감이 소리를 질렀다.

"오늘 아침부터 프랑스 군복을 입은 대여섯 놈의 불량배가 프러시아 병사들의 팔짱을 낀 채 어슬렁거리면서 거리를 돌아다니고 있는 거야! 그놈들이 무슨 변명을 늘어놓을지 모르지만, 어쨌든 프러시아 국적을 택한 게 분명해. 날마다 이렇게 교활한 알자스 놈들이 돌아다니는 걸 봐야 한다니, 참을 수가 없어. 도대체 세상이 어떻게 되려고 이러는지……."

아내는 조국을 배신한 어린 병사들을 감싸주려 했다.

"아무리 그렇다고 하더라도, 그 아이들만 나쁘다고 할 수는 없잖아요. 그 아이들이 복무해야 하는 아프리카의 알제리는 너무나 먼 곳이에요. 그렇게 멀리 가야 하니, 고향을 떠나는 것이 얼마나 싫겠어요. 그러니 더 이상 군대에 남기 싫은 거겠죠."

아내의 말이 채 끝나기도 전에, 로리 영감은 주먹으로 테이블을 내리치며 소리쳤다.

"시끄러워! 여자들이 뭘 안다고. 당신은 언제까지 녀석들을 어린애 취급하면서 감쌀 거요? 내가 분명히 말하겠는데, 놈들은 비겁한 배신자라구. 아주 한심하기 짝이 없는 놈들이란 말이야. 만약에 우리 크리스티앙이 그런 수치스런 짓을 한다면, 7년 동안 프랑스 군인이었던 내가 저 긴 칼로 녀석을 베어 버리겠어."

대장장이 로리 영감은 화난 표정으로 몸을 반쯤 일으키며, 벽에 걸려 있는 군도(軍刀)를 가리켰다. 그 칼은 아프리카 알제리에서 찍은 알제리 보병 차림의 아들 사진 아래 걸려 있었다. 그러나 로리 영감은 강렬한 햇볕을 받아 희끄무레진, 정직한 얼굴을 하고 있는 알자스 군인의 사진을 보는 순간 마음이 가라앉았는지 이내 굳어 있던 얼굴을 풀며 웃음을 터뜨렸다.

"내가 괜한 걱정을 한 모양이야. 우리 크리스티앙이 프러시아 사람이 될지도 모른다는 생각을 했으니 말이야. 전쟁 때 그토록 용감하게 프러시아 놈들을 무찌른 아들인데……. 하하하."

마음을 바꿔먹자 기분이 좋아졌는지, 로리 영감은 즐겁게 식사를 마쳤다. 그리고 맥주를 두 잔이나 마시더니, 스트라스부르 거리로 나갔다.

집에는 부인 혼자만 남았다. 새들처럼 끊임없이 떠들어대는 금발의 세 아이를 재운 다음, 마당이 내다보이는 창문 앞에 앉아 바느질을 하기 시작했다. 그러다 가끔씩 한숨을 내쉬면서 생각했다.

'로리의 말이 맞아. 그 젊은이들은 비겁한 배신자야. 하지만 그런 건 아무래도 좋아. 그 젊은이들의 어머니는 아들이 다시 돌아왔으니, 얼마나 기쁠까⋯⋯.'

문득 아들이 군에 입대하기 전의 모습이 떠올랐다. 이맘때쯤 이면 좁은 뜰을 손질하곤 했었는데⋯⋯.

그녀는 아들이 작업복을 입고 아름다운 긴 머리카락을 흩날리면서 물뿌리개에 물을 담으러 가곤 하던 우물을 새삼스럽게 바라보았다. 그 아름다운 긴 머리카락도 알제리 군대에 들어갈 때 잘랐었지⋯⋯.

생각에 잠겨 있던 그녀가 갑자기 흠칫 몸을 떨었다. 구석진 곳에 나 있는, 밭으로 통하는 문이 소리 없이 열렸기 때문이다. 개들은 짖지 않았지만, 커다란 그림자 하나가 도둑처럼 벽을 타고 슬금슬금 벌통 사이로 빠져 나온 것이 분명했다.

"어머니, 저예요⋯⋯."

지저분한 군복을 걸친 크리스티앙이 부끄러운 듯이 머뭇거리면서, 고개도 제대로 들지 못한 채 눈앞에 서 있는 게 아닌가.

이 불쌍한 아들도 다른 병사들과 함께 돌아왔던 것이다. 하지만 바로 집으로 들어올 수가 없었으므로, 몇 시간 전부터 집 주위를 서성거리면서 아버지가 나가기만을 기다리고 있었던 것이다.

어머니는 아들을 야단치고 싶었지만, 차마 용기가 나지 않았다. 그보다도 너무나 오랫동안 떨어져 있었던 아들을 얼싸안고만 싶었다. 얼마나 보고 싶어 했던 아들인가.

잠시 뒤, 아들은 그럴듯한 이유를 늘어놓기 시작했다. 고향과 대장간이 너무나 그리웠고, 부모님이나 동생들과 떨어져 있는 것이 싫었으며, 훈련이 심한 데다 알자스 사투리를 쓰는 자신을 동료들이 '프러시아 사람'이라고 놀리는 것도 참기 힘들었다는 등의…….

어머니는 아들이 하는 말을 모두 믿었다. 아니, 몹시 지쳐 보이는 아들을 말을 믿고 싶었다.

두 사람은 계속 이야기를 나누며 방으로 들어갔다. 잠에서 깬 아이들이 속옷 바람으로 달려 나와 큰형을 껴안으며 키스를 퍼부었다.

어머니는 아들에게 뭔가를 먹이고 싶었지만, 아들은 한사코 배가 고프지 않다고 했다. 대신, 아침부터 여기저기 술집을 돌아다니며 포도주와 맥주를 마셔서 힘이 드는지 물만 벌컥벌컥 들이켰다.

그때 누군가가 마당으로 들어서는 기척이 났다. 대장장이 아버지가 돌아온 것이다.

"크리스티앙, 아버지가 오셨나보다. 빨리 숨어라. 내가 아버지께 잘 말씀드릴 테니까, 잠깐 기다려."

어머니는 아들을 커다란 난로 뒤로 밀어 넣었다. 그리고 떨리는 마음을 누르고 바느질을 하기 시작했다.

그런데 이를 어쩐단 말인가. 테이블 위에 테 없는 알제리 병사의 모자가 놓여 있었으니……

대장장이 로리 영감이 방에 들어섰을 때, 가장 먼저 눈에 띈 것이 바로 그 모자였다.

부인의 파랗게 질린 얼굴과 허둥거리는 모습을 보는 순간, 로리 영감은 모든 것을 알아차렸다.

"여기 크리스티앙이 있지!"

로리 영감의 목소리에는 노기가 가득했다. 그리고 미친 듯이 벽에 걸려 있는 군도를 집어 들더니, 아들이 웅크리고 앉아 있는 난로 쪽으로 달려갔다. 아들은 파르르 떨면서 쓰러지지 않으려는 듯이 벽에 기대앉아 있었다.

어머니가 두 사람 사이로 뛰어들며 소리쳤다.

"로리, 로리! 그 애를 가만두세요. 제가 잘못한 거예요. 제가 대장간에 일손이 딸리니 돌아오라고 편지를 썼어요."

부인이 남편의 팔에 매달려 울부짖자, 이어서 방에 있는 아이들이 우는 소리가 들려왔다. 분노와 울부짖음이 뒤섞인 두 사람의 목소리에 놀란 세 아이들이 캄캄한 방 안에서 겁에 질려 울음을 터뜨린 것이었다.

대장장이는 잠시 마음을 가라앉힌 다음 아내의 얼굴을 찬찬히 바라보았다.

"아, 그래? 당신이 저 아이를 돌아오게 했단 말이오? 그러면 됐소. 오늘은 밤도 늦었으니 일단 자고, 내일 생각합시다. 어떻게 해야 되는지……."

크리스티앙은 밤새도록 악몽과 두려움에 시달렸다. 아침 일찍 눈을 뜬 그는 주변을 둘러보았다.

자신이 어린 시절을 보냈던 바로 그 방에 있다는 사실을 깨닫자, 조금은 마음이 놓였다.

납으로 가장자리를 두른 작은 유리창 앞에는 꽃이 핀 홉 화분이 놓여 있었고, 창 너머로는 높이 떠오른 태양이 웃고 있었다. 뒷마당에 있는 대장간에서는 쇠를 다듬는 망치 소리가 벌써부터 요란했다.

어머니는 침대 머리맡에 조용히 앉아 있었다. 밤새도록 꼼짝도 하지 않고 앉아 아들을 지키고 있었던 것이다. 그만큼 남편의 분노가 두려웠기 때문이다.

대장장이 영감도 역시 잠을 이루지 못했다. 동이 틀 때까지 눈물을 흘리면서 집 안을 돌아다녔다.

장롱 문을 열었다 닫았다 하던 로리 영감은 여행 떠날 차림을 한 다음, 침통한 표정으로 아들이 있는 방으로 들어왔다. 무릎까지 각반을 치고, 챙 넓은 모자를 쓴 그는 쇠가 달린 튼튼한 등산용 지팡이를 들고 있었다. 대장장이는 곧장 아들의 침대 앞으로 다가왔다.

"자, 어서 일어나! 일어나란 말이야!"

아들은 겸연쩍은 듯이 머뭇거리면서 알제리 군복을 집으려고 했다.

"아니, 그 옷이 아냐."

아버지가 엄격하게 말하자, 어머니가 어쩔 줄 몰라 하며 입을 뗐다.

"하지만 달리 입을 옷이 없잖아요……."

"내 옷을 갖다 줘. 난 이제 필요 없으니까."

아들이 옷을 갈아입는 동안, 대장장이는 작은 군복 웃옷과 빨간 긴 바지를 차곡차곡 개서 짐을 꾸렸다. 그리고는 군대의 여행 허가증이 달린 양철 물통을 목에 걸며 말했다.

"그럼 내려가자."

세 사람은 아무 말 없이 대장간으로 내려갔다. 풀무질하는 소리가 울려 퍼지는 뜨거운 대장간에서 견습공들이 열심히 일을 하고 있었다.

크리스티앙은 알제리에서 그토록 그리워했던 대장간을 보자, 어린 시절이 떠올랐다. 뜨거운 통로와 까만 석탄 가루, 불꽃이 이리저리 튀는 대장간 안에서 얼마나 뛰어 놀았던가……

그러자 갑자기 가슴이 뭉클해지면서 아버지에게 용서를 빌어야겠다는 생각이 들었다. 그러나 눈을 드는 순간, 여전히 엄격하고 차가운 아버지의 표정과 부딪치자 그만 말문이 막혀 버렸다.

한참 만에 아버지가 입을 열었다.

"자아, 이제부터 이 철판과 연장들은 모두 네 것이다. 이것들도 모두……"

연기에 까맣게 그을린 문 안쪽으로 보이는, 벌통이 가득한 작을 뜰을 가리키며 아버지가 덧붙였다.

"벌통도, 포도나무도, 이 집도 모두 다 네 것이다. 너는 이런 것들 때문에 명예를 버렸으니, 이것들을 더욱 소중히 지켜야 한다. 이제부터 네가 이곳의 주인이다. 대신 나는 떠난다. 네가 프랑스를 위해 복무할 5년간의 의무가 남아 있으니, 내가 대신 가서 그 의무를 다하고 오겠다."

"로리, 로리! 도대체 무슨 소릴 하는 거예요?"

부인이 깜짝 놀라 소리쳤다.

"아버지……!"

말리는 아들과 애원하는 아내를 뿌리치고, 대장장이 로리 영
감은 이미 집을 나서고 있었다. 뒤도 돌아보지 않은 채 성큼성
큼…….

　이삼 일 전부터 시디 벨 아베의 제3 알제리 부대에는 55세쯤
되어 보이는 늙은 지원병의 모습이 눈에 띄었다.

# 어머니

그날 아침, 나는 발레리앙 산(파리의 서북쪽에 있는 낮은 산)으로 친구를 만나러 갔다. 친구는 센의 기동 부대 중위이자 화가인 B였다. 하지만 B는 보초를 서고 있는 중이어서 마음대로 자리를 뜰 수가 없었다. 할 수 없이 우리는 당직 보초병처럼 성벽 뒷문을 왔다 갔다 하면서, 파리의 소식이라든가 전쟁 상황 그리고 멀리 떨어져 있는 친구들에 대한 이야기를 나눴다.

중위는 비록 차가워 보이는 군복을 입고 있었지만, 여전히 화가의 분위기를 간직하고 있었다.

이런저런 얘기를 주고받던 중위가 갑자기 말을 멈추더니 내 팔을 잡으며 나지막한 소리로 말했다.

"아, 정말로 아름다운 광경이야! 마치 도미에의 그림 같군."

그리고는 작은 회색 눈을 사냥개처럼 반짝이면서, 발레리앙 산 중턱의 언덕에 나타난 두 사람의 모습을 손으로 가리켰다.

과연 도미에(파리 서민의 모습을 주로 그린 풍자화가)의 아름다운 그림이라 해도 지나치지 않았다.

나이 든 남자는 녹색 비로드의 깃 장식이 달린 긴 밤색 프록코트를 입고 있었는데, 너무 낡아서 그런지 마치 나무에 낀 이끼처럼 보였다. 게다가 여위고 작은 몸집에 주름투성이의 얼굴은 불그스레했으며, 좁아 보이는 이마에다 동그란 눈 그리고 올빼미 부리 같은 코는 마치 멍청한 새를 떠올리게 했다. 게다가 그는 한 손에 술병이 삐죽 나와 있는 꽃무늬 천으로 만들어진 바구니를 들고 있었으며, 다른 팔로는 통조림을 끌어안고 있었다. 통조림 깡통은 파리 시민이라면 누구나 지난 다섯 달간의 포위를 연상하게 되는 낯익은 것이었다.

그 옆의 부인은 챙이 달린 모자를 쓴 데다 낡은 숄로 몸을 감싸고 있었는데, 그 모습은 그녀의 궁색한 형편을 그대로 보여주는 듯했다. 모자의 빛바랜 주름 장식 사이로 그녀의 높은 코와 반백의 머리카락이 언뜻언뜻 보였다.

언덕을 오르던 남자가 잠시 멈춰 서서 가쁜 숨을 고른 다음 이마에 흐르는 땀을 닦았다. 안개에 싸인 11월말의 날씨가 땀을 흘릴 정도로 덥지는 않았지만, 쉬지 않고 올라왔기 때문인 듯싶었다.

부인은 잠시도 걸음을 멈추지 않았다. 그리고는 앞장서서 곧장 걸어오더니, 우리를 발견하자 뭔가를 이야기하려는 듯이 잠시 머뭇거렸다.

그러나 소매에 금줄이 달린 내 친구의 장교복을 보고 주눅이 들었는지, 우리를 지나쳐 정문에서 보초를 서고 있는 보초병에게 말을 걸었다. 제3대대 6중대에 있는 기동병인 아들을 만나러 왔다면서, 조심스럽게 부탁하는 소리가 어렴풋이 들려왔다.

"여기서 잠깐 기다리십시오. 아드님을 불러드리겠습니다."

보초병이 말했다.

부인은 안도의 숨을 내쉬면서 기쁜 표정을 지으며 남자를 돌아보았다. 남자 역시 안도의 숨을 내쉬고 있었다. 두 사람은 약간 떨어진 산비탈에 자리를 잡고 앉아, 꽤 오랜 시간을 기다렸다.

높고 험한 발레리앙 산은 경사진 언덕과 병영(兵營), 토치카 등이 여기저기 산재해 있었다. 더구나 하늘과 땅 사이에 걸쳐서, 마치 공중에 떠 있는 섬처럼 구름 한가운데서 소용돌이치고 있는 이 복잡한 산에서 6중대 기동대원을 찾는다는 것은 보통 일이 아니었다.

더구나 그 시간은 북소리와 나팔 소리, 분주하게 뛰어 다니는 병사들과 달그락거리는 물통 소리 등으로 인해 한창 정신이 없을 때였다.

교대하는 보초병과 일을 하는 사역병, 식량을 배급받으려고 줄지어 서 있는 병사들, 그리고 총의 개머리판에 찔리면서 끌려 나오는 피투성이의 스파이, 장군에게 탄원하러 온 낭테르의 농민, 말을 타고 급히 달려온 전령, 추위에 떨고 있는 병사 — 사람은 추위에 덜덜 떨었지만, 말은 땀에 흠뻑 젖어 있었다 — 부상자들은 나귀 옆구리에서 이리저리 흔들리며 병든 새끼 양처럼 낮은 소리로 신음하고 있었고, 수비병들은 호루라기 소리에 맞춰 규칙적으로 구호를 외치며 새 대포를 끌어올리고 있었다. 또한 빨간 바지를 입고 어깨에 비스듬히 총을 맨 채 긴 장대를 손에 든 양치기와 양치기에게 쫓기는 양떼의 모습도 눈에 띄었다.

이런 것들이 서로 엇갈리면서, 마치 동방의 상인들이 잠시 머물기 위해 주막의 낮은 문으로 들어가는 것처럼 고개를 숙이고 갱도로 들어가고 있었다.

'저 사람이 우리 아들을 불러다 주는 걸 잊지 말아야 할 텐데…….'

부인은 걱정이 가득한 얼굴로 안절부절못했다. 목을 길게 빼고 아들이 오기를 기다리다가 5분마다 일어서서는 갱도의 입구로 조심스럽게 다가가곤 했다. 사람들에게 방해가 되지 않도록 담에 몸을 바싹 붙인 채 힐끔거리면서도, 혹여 아들이 웃음거리가 될까봐서 아무에게도 묻지 않고 제자리로 돌아오곤 했다.

부인보다도 더 소심해 보이는 남자는 앉은자리에서 꼼짝도 하지 않았다. 단지 부인이 갱도 입구를 살펴보고 돌아올 때마다, 참을성 없이 촐랑거린다고 나무라곤 했다. 그러면서 지금 근무 중이거나 어떤 사정 때문에 늦어지는 것이라며, 병사로서 근무하는 일이 얼마나 중요한가를 열심히 설명하기도 했다.

나는 그들의 마음을 읽을 수 있었다. 그 속에는 눈으로 보는 것 이상의 무언가를 느낄 수 있는 장면이 감춰져 있었다. 이를테면, 길을 가다 우연히 마주치게 되는 팬터마임 — 단 하나의 몸짓으로도 상황 전체를 명백히 알 수 있게 연출되는 무언극 같은 것이 숨겨져 있는 것이다.

특히 내 마음을 사로잡았던 것은 꾸밈없는 순수함 때문이었다. 천사(天使) 역을 연기하는 두 배우의 영혼처럼 티 없이 맑고 순박한 두 노인의 무언극을 보고 있자니, 마치 한 편의 가족 드라마를 보고 있는 느낌이 들면서 가슴 깊은 곳으로부터 진한 감동이 밀려왔다.

나는 마음속으로 어떤 장면을 떠올려 보았다.

어느 날 아침, 어머니가 중얼거린다.

"그 트로쉬 사령관(파리의 방위 사령관)은 이해할 수가 없어. 이건 해서 안 되고, 저것도 하면 안 된다고 하는 바람에 벌써 3개월간이나 아들을 만나지 못했어. 가서 아들을 한번 안아봐야 할 텐데……."

하지만 소심한 아버지는 허가를 받기 위해 이리저리 뛰어다닐 생각을 하니 그것만으로도 머리가 복잡해져 도무지 엄두가 나지 않았다. 그래서 자꾸만 아들에게 가보려 하는 아내를 설득하려

들었다.

"여보, 발레리앙 산이 얼마나 먼 곳인지 당신도 잘 알잖아. 또한 우리같이 나이 든 사람들이 오르기에는 너무나 험한 곳이야. 그리고 타고 갈 차도 없는데 어떻게 간단 말이오? 게다가 그곳은 중요한 군사 기지라서 여자들은 부대에 들여보내지도 않는다구……."

"하지만 어떻게든 들어갈 거예요."

어머니는 고집을 조금도 굽히려 하지 않았다.

지금까지 어머니의 말이라면 뭐든 다 들어주었던 아버지는 어쩔 수 없이 자리에서 일어났다. 관할 지구에도 가보고, 관청과 사령부로 뛰어다니기도 하고, 담당 관리를 만나 사정하느라 식은 땀을 흘리기도 했다. 추위에 몸을 떨어가면서 관청 앞에서 두 시간이나 줄을 서 있었는데, 알고 보니 엉뚱한 곳이었던 적도 있었다.

그러던 어느 날 밤, 이런저런 고생을 한 끝에 간신히 사령관의 허가증을 받은 아버지는 어머니가 기다리고 있는 집으로 부리나케 돌아왔다.

다음 날, 두 사람은 아직 날이 밝으려면 먼 이른 새벽에 일어나 램프에 불을 켰다. 아버지는 몸을 녹이기 위해 따뜻한 차와 딱딱하게 굳은 빵을 먹었으나, 아들 만날 생각에 들떠 있는 어머니는 시장기조차 느끼지 못하는 것 같았다. 발레리앙 산에서 아들과

함께 앉아 식사하는 모습을 떠올려보는 것만으로도 충분했기 때문이다.

어머니는 고생하고 있을 아들에게 조금이라도 더 맛있는 음식을 먹이기 위해, 포위된 도시 안에서 어렵사리 구한 식료품들을 이것저것 챙겼다. 초콜릿과 잼, 오래 묵은 포도주, 그리고 통조림 — 식량을 구하지 못할 때에 대비해서 소중하게 보관해 두었던 8프랑짜리 통조림 — 까지 아무 망설임 없이 바구니에 담은 것이다. 어머니는 아들을 위해서라면 아까운 것이 하나도 없었다.

이렇게 준비를 마친 두 사람은 아들을 만나기 위해 집을 나섰다. 성벽에 이르자 마침 문이 열려 있었는데, 허가증을 보여야만 통과할 수 있었다. 아버지가 규칙에 따라 이미 수속을 마쳤기 때문에 가슴 졸일 이유가 없는데도, 어머니는 괜스레 가슴이 두근거렸다.

"통과하십시오!"

당직 근무를 하고 있는 부관의 허락이 떨어졌다.

어머니는 그제야 안도의 숨을 내쉬었다.

"저 장교는 참으로 친절하군요."

그리고는 작은 새처럼 종종걸음으로 그 자리를 떠났다. 아버지는 그러한 어머니의 뒤를 간신히 따라가는 것이 고작이었다.

"여보! 왜 그리 서두르는 거야. 천천히 좀 가구려."

하지만 어머니는 아버지의 말에 아랑곳하지 않고 계속해서 걸음을 재촉했다. 안개 자욱한 발레리앙 산이 그녀에게 손짓하고 있기 때문이었다.

"빨리 오세요. 당신의 아들이 여기 있어요."

그런데 막상 산에 도착하고 보니, 새로운 걱정거리가 생겼다.

만약 아들을 만나지 못하면 어떡하지. 그 애가 나오지 못할 사정이라도 생긴다면…….

갑자기 아내가 바르르 떨면서 남편의 팔을 붙잡고 일어섰다. 갱도의 둥근 천장 아래서 누군가가 허겁지겁 달려오는 발소리가 들렸던 것이다.

아들이다!

아들이 모습을 나타내자, 보루의 앞쪽이 순간 환해지는 것 같았다. 키가 훤칠하게 크고 잘생긴 청년이었다. 당당한 자세의 청년은 배낭을 메고 손에 총을 들고 있었다. 청년은 밝은 얼굴로 두 사람에게 다가와서 씩씩한 목소리로 말했다.

"어머니, 잘 지내셨어요?"

배낭도, 거기에 달려 있던 둘둘 만 담요도, 손에 들려 있던 총도……모든 것이 일순간에 어머니의 커다란 모자 속에 파묻혀 버렸다. 다음엔 아버지의 차례였지만, 그 시간이 그리 길지 못했다. 어머니가 아들을 독차지하고 싶어 했기 때문이다. 아들을 만난 기쁨에 겨운 어머니는 이미 제정신이 아닌 듯했다.

"몸은 건강하냐? 어디 아픈 데는 없고……. 옷은 잘 챙겨 입었냐? 속옷은 제때 갈아입고?"

어머니의 외투자락 아래서 아들과 어머니는 얼싸안고 있었다. 사랑이 듬뿍 담긴 눈길로 아들을 뚫어지게 바라보고 있는 어머니의 모습이 참으로 인상적이었다.

어머니는 잔잔한 미소를 지으며, 눈물로 범벅이 된 눈길로 아들의 모습을 머리끝부터 발끝까지 훑어보았다. 어머니는 지난 석 달 동안 쌓아두었던 사랑을 한꺼번에 쏟아내려 하는 듯했다.

아버지도 가슴이 벅찼으나 겉으로 드러내지는 않았다. 우리가 바라보고 있다는 것을 알고 있었기 때문이었다.

'이해하십시오. 여자라서······.'

마치 이렇게 말하는 것처럼, 우리를 향해 눈을 끔뻑거려 보였다.

'물론 이해하고말고요.'

우리도 고개를 끄덕거려 주었다.

그러나 이렇게 아름다운 순간에, 느닷없이 나팔 소리가 울려 퍼졌다.

"어머니, 빨리 들어가 봐야 돼요. 집합하라는 소리예요."

아들이 아쉬움이 가득 찬 목소리로 말했다.

"아니, 뭐라고? 아직 식사도 안 했는데······."

"어쩔 수 없어요, 어머니. 저는 지금부터 스물네 시간 동안 보초를 서야 하거든요."

"아이고, 이게 무슨 소리라니?"

어머니는 가슴이 찢어질 듯한 슬픔으로 탄성을 질렀다. 하지만 더 이상 말을 맺지 못했다.

세 사람은 한동안 난감한 표정으로 말없이 서로를 바라보았다. 마침내 아버지가 입을 열었다.

"그럼 널 위해 가져온 이 통조림이라도 가지고 가렴."

정성 들여 준비해 온 음식이 소용없게 되자, 두 노인은 아쉬움으로 머리가 혼란스럽고 가슴이 미어지는 것 같았다.

그런데 예상하지 못한 너무나 빠른 이별로 허둥거리느라, 통조림을 금방 찾을 수가 없었다.

"통조림이 어디 갔지? 도대체 통조림을 어디다 둔 거야?"

목멘 소리로 말하면서 통조림을 찾는 아버지의 손이 힘없이 떨고 있었다. 비록 사소한 일이었지만, 흐르는 눈물 때문에 말을 제대로 잇지 못하는 모습을 보고 있자니 무척 가슴이 아팠다.

간신히 통조림을 찾아냈고, 아들은 마지막으로 기나긴 포옹을 한 뒤 진지 쪽으로 달려갔다. 아들의 뒷모습을 가만히 지켜보는 두 노인의 모습이 오래도록 마음에 남았다.

늙은 부모는 아들에게 제대로 된 음식을 먹이기 위해 머나먼 곳에서 힘들게 찾아왔는데……. 아들을 만난다는 기쁨에 밤잠도 설치고, 끼니도 거른 채 한달음에 달려왔는데…….

그렇게 기다리던 즐거움이 일순간에 사라져 버리고, 잠시 나타났던 낙원의 문이 순식간에 닫혀 버린 것이었다.

두 사람은 그 자리에 못 박힌 듯 선 채, 아들이 사라진 갱도에서 눈을 떼지 못했다.

드디어 아버지가 먼저 몸을 털고 돌아섰다. 그러더니 헛기침을 크게 한 다음 단호한 목소리로 말했다.

"자, 이제 그만 갑시다."

그리고는 멀찍이 서 있는 우리에게 공손하게 인사를 한 뒤 아내의 팔을 잡아끌었다.

우리는 두 노인이 길모퉁이로 돌아가 모습이 보이지 않을 때까지 그들을 바라보며, 눈으로 배웅했다.

아버지는 화가 난 듯, 바구니를 앞뒤로 마구 흔들면서 걸었다.

그에 비해 어머니는 조금 더 침착해 보였는데, 힘없이 고개를 숙인 채 남편 곁을 따라갔다. 하지만 가냘픈 어깨 위에 두른 숄이 이따금씩 작게 떨리는 것이 멀리 있는 나에게까지 전해져 왔다.

# 소년 첩자

그 소년의 이름은 스텐이었고, 사람들은 그를 '꼬마 스텐'이라고 불렀다. 파리에 사는 그 아이는 몹시 허약하고 얼굴이 창백했으며 나이는 열 살이나 열다섯 살쯤 되어 보였다. 요 또래의 아이들은 대체로 나이를 종잡을 수가 없다.

그 아이의 어머니는 이미 세상을 떠났고, 전직 해군 병사였던 아버지 페르 스텐은 탕플 구의 거리에 있는 공원의 공원지기였다.

보도에 둘러싸인 이 공원은 꼬마들과 하녀들 그리고 접는 의자를 들고 다니는 할머니들과 가난한 집안의 아이들 — 거리의 마차를 피해 몰려든 이른바 파리의 족속들(파리 시내를 위태롭게 걸어 다니는 부녀자나 노인들을 통틀어 칭함)로 인해 하루 종일 북적댔다. 이들은 누구나 소년의 아버지인 페르 스텐을 알고 있었고, 모두들 그를 좋아했다.

얼핏 보면 무섭게 보일 수도 있고, 개들과 불량배들에게는 공
포의 대상인 그의 험상궂은 콧수염 뒤에 어머니처럼 부드럽고
따뜻한 미소가 감추어져 있다는 사실을 사람들은 알고 있었다.

그의 그런 미소를 보고 싶으면 "꼬마는 잘 있나요?"라고 물어
보기만 하면 되었다. 그러면 그는 감추어진 그만의 미소를 지어
보이곤 했다.


페르 스텐! 그는 아들을 무척 사랑했다. 오후가 되어 학교 수업
을 마친 아들이 그가 있는 곳으로 오면, 그는 아들과 함께 공원을
한 바퀴 돌곤 했다. 그는 단골들과 친근하게 인사를 나누느라
벤치 앞에 멈춰 서곤 했는데, 그럴 때마다 그는 정말이지 너무나
행복했다.

그러나 불행하게도 파리가 포위(프로이센-프랑스 전쟁 때 프러
시아 군대에 의한 파리 포위를 말함)되면서 모든 것이 변해 버렸다.

사람들로 가득 찼던 거리 공원은 석유 저장소가 되었으며, 억
지로 감시역을 떠맡게 된 페르 스텐은 쉴 새 없이 이곳을 감시해
야 했다. 불이 날 위험이 있기 때문에 담배를 피울 수도 없었지만,
사람의 발길이 뚝 끊어진 수림 속에서 혼자 지내는 일은 너무나
도 끔찍했다. 게다가 사랑하는 아들도 공원에 올 수 없었기 때문
에 밤늦게 집에 돌아가서야 겨우 얼굴을 볼 수 있었다. 그러니
그로서는 프러시아 사람들을 욕하는 것이 너무나 당연했으며,

그럴 때의 그의 콧수염 모양은 참으로 볼만했다.

꼬마 스텐은 이 같은 새로운 생활에 대해 별다른 불평을 하지 않았다. 포위! 이런 사건은 개구쟁이들에게 얼마나 신나는 일이겠는가. 더구나 학교 수업까지 없었으므로 날마다 휴일이나 마찬가지인데다가, 시끌시끌한 시장바닥 같은 거리에 나가면 볼거리가 제법 많았다.

꼬마 스텐은 해가 질 때까지 밖에서 뛰어 놀았다. 주둔한 군대가 진지로 가기 위해 행진할 때도 따라다녔다. 그중에서도 좋은 음악을 연주하는 군악대를 골라가면서 따라다녔는데, 그 방면에 꼬마 스텐은 일가견이 있었다. 96대대의 악대는 별 볼일 없지만, 55대대의 악대는 매우 훌륭하다는 등의 의견을 서슴없이 말하곤 했다. 또한 가끔은 청년 기동대원들의 훈련을 구경했으며, 어느 때는 배급을 타러 가기도 했다.

꼬마 스텐은 바구니를 들고, 가스등도 켜지 않은 겨울날 아침에 푸줏간이나 빵가게 앞에 늘어선 긴 행렬에 끼어 순서를 기다렸다. 사람들은 늘어선 줄에서 차례를 기다리는 동안 지루함을 달래기 위해 낯익은 사람들끼리 국내 정세에 대해 얘기했으며, 간혹 전직 병사의 아들인 꼬마 스텐에게 의견을 묻는 사람들도 있었다.

하지만 그 같은 모든 일 중에서도 꼬마 스텐이 가장 재미있어한 것은 코르크 넘어뜨리기 게임이었다. 그것은 브레타뉴의 청년 기동대가 포위된 이후에 퍼뜨려진 '갈로슈' 게임이었다. 꼬마 스텐이 성벽에도 나타나지 않고 빵가게 앞의 행렬에서도 보이지 않는다면, 샤토도 광장의 '갈로슈' 게임장에 가 있다고 생각하면 틀림없었다.

물론 그는 게임에는 참가하지 않았다. 꼬마가 하기에는 많은 돈이 필요했으므로 그로서는 끼어들 수가 없었기에, 그저 구경하는 것으로 만족할 수밖에 없었다.

그중에서, 언제나 5프랑짜리 은화를 걸곤 하던 청색 바지 차림의 키 큰 소년을 보며 꼬마 스텐은 몹시 감탄하곤 했다. 그가 뛰어갈 때면 바지 속에서 짤랑거리는 동전 소리가 들리곤 했던 것이다.

어느 날, 꼬마 스텐의 발밑으로 굴러온 은화 한 닢을 주워들며 키 큰 소년이 나지막한 목소리로 말했다.

"부럽지 않니? 그럼 나를 따라와. 어디 가면 이런 것을 벌 수 있는지 가르쳐줄게."

게임이 끝났을 때, 그는 꼬마 스텐을 광장 한구석으로 데리고 갔다. 그러더니 프러시아 군인들에게 신문을 팔러 가지 않겠느냐고 말했다. 한번 갈 때마다 30프랑을 번다는 것이었다.

그 말을 들은 꼬마 스텐은 몹시 화를 내며, 키 큰 소년의 제안을 거절했다. 그리고 사흘 동안이나 게임장에 나가지 않았다. 그 사흘 동안 그는 몹시 심심해했으며, 밤마다 코르크 더미가 쌓여

있고 번쩍번쩍 빛나는 5프랑짜리 은화가 줄지어 늘어서 있는 꿈을 꾸기도 했다.

그것은 꼬마 스텐으로서는 떨쳐내기 힘든 너무나 강한 유혹이었다. 참다못한 그는 사흘째 되는 날 샤토나 광장으로 갔다. 그곳에서 다시 키 큰 소년을 만났고, 그가 던진 유혹의 꼬임에 빠져들고 말았다.

눈이 내린 어느 날 새벽, 꼬마 스텐과 키 큰 소년은 헝겊으로 만든 자루를 어깨에 메고 옷 밑에 신문을 숨긴 채 길을 떠났다. 그들이 플랑드르의 성문에 이르렀을 무렵, 겨우 날이 밝아졌다.

키 큰 소년은 꼬마 스텐의 손을 잡고 보초병이 있는 곳으로 다가갔다. 코가 빨갛고 순해 보이는 인상의 보초병에게 키 큰 소년이 애처로운 목소리로 말했다.

"아저씨, 저희를 지나가게 해주세요. 아버지는 돌아가셨고, 어머니가 몹시 아프세요. 동생과 같이 감자를 캐오려고 하는데, 좀 보내주세요."

키 큰 소년은 진짜로 눈물을 흘리며 말했다. 하지만 꼬마 스텐은 너무나 부끄러워서 고개를 푹 숙이고 있었다. 착해 보이는 보초병은 잠시 그들을 살펴보더니, 인적 없는 하얀 눈길로 시선을 보내며 말했다.

"빨리 지나가거라."

그리하여 그들은 지금 오베르빌리에로 가는 길로 들어섰으며, 키 큰 소년은 대수롭지 않다는 듯이 웃고 있었다.

꼬마 스텐은 마치 꿈이라도 꾸고 있는 것 같은 심정으로 군대의 막사로 변해 버린 공장들과 그 주변을 바라보았다. 젖은 넝마 따위가 걸쳐진 바리케이드는 방치되어 있었고, 연기가 나지 않는 커다란 굴뚝들이 안개 속을 뚫고 하늘로 솟아 있었다.

여기저기에 보초병들이 서 있었으며, 외투에 달린 아망위(외투나 비옷의 깃에 달려 머리에 뒤집어쓰게 되어 있는 두건)를 쓴 장교들이 쌍안경으로 먼 곳을 살피고 있는 모습이 눈에 띄었다. 그리고 꺼져 가는 모닥불 앞에 녹아내린 눈으로 흠뻑 젖은 조그만 천막도 보였다.

키 큰 소년은 길을 잘 알고 있는지, 보초병들이 서 있는 초소를 피해가기 위해 밭을 가로질러 뛰어갔다. 하지만 의용군의 경비 초소만큼은 피하지 못하고 맞부딪치고 말았다.

방수용 외투 차림을 한 의용군들은 스와송행 철도 선로를 따라 물이 가득 고인 논 속에 움츠리고 앉아 있었다. 키 큰 소년은 조금 전에 했던 것과 같은 방법으로 사정을 했으나, 이번에는 통하지 않았다. 그러자 키 큰 소년이 서럽게 울며 애원하기 시작했다. 그때 건널목의 초소에서 백발에다 몹시 주름진 얼굴을 한 중사가 나오며 말했다. 페르 스텐과 비슷한 모습이었다.

"얘들아! 그만 울어라, 감자밭에 가게 해줄 테니! 그 전에 먼저 몸을 녹여야겠구나. 자, 들어가자. 어이구, 이 꼬마는 너무 추워서 몸이 꽁꽁 얼어붙었네……."

꼬마 스텐이 벌벌 떨고 있었던 것은 반드시 추위 때문이 아니었다. 까닭 모를 두려움과 부끄러움이 그를 옴짝달싹할 수 없게 만들었던 것이다.

초소 안에는 서너 병의 병사들이 꺼져 가는 초라한 — 정말이지 한심하기 짝이 없는 — 불 앞에 둘러앉아 있었다. 그들은 상체를 구부린 채 언 비스킷을 총검 끝에 꽂아 굽고 있었는데, 키 큰 소년과 꼬마 스텐이 들어서자 자리를 좁혀서 앉을 곳을 내주었다. 그리고는 몸을 녹일 수 있도록 약간의 알코올이 섞인 커피를 마시게 했다.

그들이 커피를 마시고 있는 동안, 한 장교가 문간에서 늙은 중사를 불렀다. 그리고 중사에게 나직하게 몇 마디를 소곤거린 장교는 총총걸음으로 그 자리를 떠났다. 중사는 몹시 흥분한 기색으로 자리에 앉으며 말했다.

"다들 이야기를 잘 들으라구! 오늘밤에 신나는 일이 있을 모양이다. 프러시아 놈들의 암호가 입수되었다고 한다. 이번 기회를 놓치지 말고 반드시 부르제를 되찾아야 한다. 알겠나!"

모두들 일제히 환호성을 지르며 웃음을 터뜨렸다. 병사들은 깡충거리며 춤을 추거나 노래를 불렀으며, 총칼을 닦고 점검하는 등으로 부산을 떨었다. 이 소란을 틈타서 키 큰 소년과 꼬마 스텐은 그곳을 빠져 나왔다.

방어시설을 벗어나니 들판이 끝없이 펼쳐져 있었고, 들판 저편에는 총을 쏘는 구멍이 나 있는 흰색 성벽이 길게 이어져 있었다. 이들은 바로 이 성벽을 향해 가고 있었으므로, 감자 캐는 시늉을 하며 한 걸음씩 한 걸음씩 앞으로 나아갔다.

"그냥 돌아가자……. 거긴 가지 말자구."

꼬마 스텐은 발걸음을 옮기면서 줄곧 이렇게 졸라댔다. 하지만 키 큰 소년은 들은 척도 하지 않고 계속 앞으로 나아갔다.

그때 갑자기 어디선가 '찰칵' 하고 총알 장전하는 소리가 들려왔다. 그러자 키 큰 소년이 재빨리 땅바닥에 엎드리며 소릴 질렀다.

"엎드려!"

그런데 키 큰 소년은 엎드리자마자 갑자기 휘파람을 불어댔다. 그러자 또 다른 휘파람 소리가 눈 덮인 벽 위로 응답해 왔다.

그들은 기어서 계속 앞을 향해 나아갔다. 성벽 앞에 이르자, 때에 전 베레모를 쓴 싯누런 콧수염의 병사가 얼굴을 내밀었다. 키 큰 소년은 참호 속으로 뛰어들며, 프러시아 병사 옆으로 다가갔다.

"얘는 내 동생이에요."

프러시아 병사는 꼬마 스텐을 보더니 웃음을 터뜨리면서, 몹시 귀엽다는 듯이 그를 번쩍 들어 올려 참호 건너편으로 옮겨주었다.

성벽 너머에는 흙더미와 함께 나뭇가지들이 어지럽게 널려 있었고, 눈밭 여기저기에 파놓은 참호마다 찌든 베레모를 쓴 싯누런 콧수염의 병사들이 있었는데 그들은 두 아이를 바라보며 낄낄거리며 웃어댔다.

한쪽 구석에는 통나무로 지붕을 올린 토치카(무너지지 않도록 튼튼하게 지은 방어 진지)가 있었다. 아래층에서는 활활 타오르는 불 옆에서 트럼프 놀이를 하거나 수프를 끓이는 병사들로 북적거렸으며, 양배추와 돼지기름으로 음식을 만드는지 구수한 냄새가 코를 자극했다. 허름하고 썰렁한 프랑스 의용군의 야영 캠프와는 형편이 너무나 달랐다.

위층에는 장교들이 머물고 있었는데, 그들은 피아노를 치거나 샴페인을 터뜨렸다. 파리에서 온 두 아이들이 들어서자, 그들은 일제히 환호성을 질렀다. 아이들은 가지고 간 신문을 건네주었으며, 그들은 아이들에게 포도주를 따라주며 이것저것 말을 시켰다.

장교들은 심술 사나운 표정으로 거드름을 피웠으나, 키 큰 소년은 파리 변두리의 특유한 말투와 화술로 그들의 흥을 돋우었다. 프러시아 장교들은 파리의 참담한 실상을 생생하게 전해 들으면서, 키 큰 소년의 말투를 흉내 내며 배를 잡고 웃어댔다.

꼬마 스텐도 무엇인가 말을 하고 싶었다. 자신도 바보가 아님을 보여주고 싶었지만, 왠지 쑥스럽고 부끄러웠다. 특히 그의 맞은편에서 신문을 읽고 있는 장교 한 명이 몹시 신경 쓰였기 때문이다. 그는 다른 사람들에 비해 나이도 들고 점잖아 보였는데, 그는 신문을 읽지 않고 들고만 있으면서 정작 눈은 꼬마 스텐을 줄곧 바라보고 있었던 것이다.

꼬마 스텐을 바라보는 그의 시선에는 비난과 온정이 묘하게 어우러져 있었다. 마치 자기 자신도 스텐과 같은 어린 아들을 고국에 두고 왔기에, 이토록 마음 깊이 생각하고 있다는 표정이었다. 그러면서 그는 이렇게 말하는 것 같았다.

'만약 내 아들이 저런 짓을 한다면, 차라리 죽어 버리는 것이

나을 거야…….'

　이때부터 꼬마 스텐은 보이지 않는 어떤 손이 가슴을 압박하는 것 같아 숨쉬기가 힘들어졌다. 금방이라도 심장이 멎을 것처럼 고통스러웠다. 스텐은 그 같은 괴로움에서 벗어나기 위해 술을 마시기 시작했다.

　술이 목을 타고 넘어가자 갑자기 주위가 빙글빙글 돌기 시작했고, 떠들썩한 웃음소리가 먼 곳에서 들리는 것처럼 가물가물했다. 하지만 그 웃음소리에 둘러싸여서, 국민군 또는 의용군의 훈련 상황을 흉내 내며 비웃는 소리, 마루에서 실시된 무장 집합이니, 어느 날 밤에 있었던 진지에서의 비상소집을 흉내 내면서 떠벌리는 키 큰 소년의 소리가 아련하게 들려왔다.

　그러다가 키 큰 소년이 갑자기 목소리를 낮추자, 장교들이 그의 곁으로 바싹 다가서서 진지한 표정으로 그의 이야기에 귀를 기울였다. 이 가증스럽고 비열한 녀석은 프랑스 의용군들이 기습 공격을 하려 한다는 형세를 적들에게 알려주고 있는 것이 분명해 보였다.

　꼬마 스텐은 순간 술기운이 싹 가시면서 정신이 번쩍 들었다. 그는 자리에서 벌떡 일어나 몹시 화가 난 듯한 목소리로 이렇게 외쳤다.

　"그만둬! 그건 절대 안 돼! 난 이런 건 싫단 말이야!"

　그러나 키 큰 소년은 웃기만 할 뿐, 꼬마 스텐의 말을 무시하며 더욱 신이 나서 지껄여댔다. 그의 말이 채 끝나기도 전에 장교들이 일제히 일어섰다. 그리고 그들 중 한 장교가 문을 가리키며 쏘아붙였다.

"이 새끼들, 꺼져 버려!"

그리고는 자기들끼리 독일어로 무엇인가 이야기를 주고받았다. 키 큰 소년은 그들로부터 받은 돈을 짤랑거리며, 마치 총독이라도 된 것처럼 으스대며 그곳을 빠져 나왔다. 꼬마 스텐은 고개를 푹 숙인 채 말없이 그의 뒤를 따랐다.

아까부터 한쪽에 따로 떨어져 있으면서 꼬마 스텐을 측은하게 바라보던 프러시아 장교는 슬픈 음성으로 이렇게 말했다.

"그건 나쁜 짓이야. 그래서는 안 된다."

그의 말을 들은 꼬마 스텐의 눈에서는 눈물이 흘러내렸다.


다시 벌판으로 나오자, 두 아이는 정신없이 달리기 시작했다. 그들의 헝겊 자루에는 프러시아 병사들이 담아준 감자가 가득 들어 있었다. 그것을 본 프랑스 의용군들은 아무런 의심도 하지 않고 참호를 무사히 통과시켜 주었다.

의용군들은 그날 밤에 있을 공격 준비를 하느라고 몹시 분주했다. 수많은 병사들은 소리 없이 방비 벽 뒤에 집결했으며, 늙은 중사 역시 신이 나서 병사들을 적절한 자리에 배치하고 있었다. 그는 이 두 아이가 지나가는 모습을 발견하고는 부드러운 미소를 던져주었다.

아! 그의 미소가 꼬마 스텐의 마음을 얼마나 아프게 했던지……. 순간 그는 병사들에게 이렇게 외칠 뻔했다.

"오늘밤에 그곳에 가시면 안 돼요! 우리가 아저씨들을 배반했단 말이에요."

하지만 키 큰 소년이 해줬던 말이 떠올라 입도 뻥긋하지 못했다.

"만약에 이 사실을 지껄이면, 우린 둘 다 총살당할 거야."

꼬마 스텐은 너무나 두려웠고, 갑자기 공포감이 엄습했다.

쿠르누브에 이르자, 두 아이는 주인이 피난을 떠난 빈집으로 들어갔다. 그곳에서 돈을 공평하게 나누었다. 아름다운 금화가 걸을 때마다 호주머니 속에서 짤랑짤랑하며 소리를 냈다. 그 소리를 듣자, 꼬마 스텐은 이제 자신도 갈로슈 게임에 낄 수 있다는 생각이 들어 갑자기 신바람이 났다. 그래서 그는 자신이 나쁜 짓을 했다는 생각을 슬그머니 지워 버리려고 했다.

하지만 성문을 지나 키 큰 소년과 헤어져 혼자가 되자, 꼬마 스텐은 돈이 들어 있는 호주머니가 점점 무겁게 느껴지기 시작했다. 또한 그의 가슴을 짓누르던 손이 아까보다도 더 세게 죄어왔다.

자신이 살고 있던 파리라는 도시도 예전 같지 않고 왠지 낯설기만 했다. 거리를 지나다니는 사람들은 그가 어딜 갔다 왔는지 알고 있다는 듯, 경멸의 눈초리로 바라보는 것 같았다.

수레바퀴의 삐걱거리는 소리에서도 '첩자'라는 말이 들렸고, 운하를 따라 줄지어 서서 연습하고 있는 고수(鼓手)들의 북소리에도 '첩자'라는 말이 뒤섞여 꼬마 스텐의 귓가에 울려 퍼졌다.

꼬마 스텐은 가까스로 집에 도착했다. 다행히도 아버지는 아직 돌아오시지 않았다. 그는 안도의 숨을 내쉬며 재빨리 자기 방으로 올라가 그토록 무겁게 느껴지던 돈을 베개 밑에 감췄다.

그날 밤, 페르 스텐은 매우 기분 좋은 모습으로 돌아왔다. 꼬마 스텐은 아버지가 그렇게 부드러운 표정으로 그렇게 기뻐하는 모습을 처음 보는 것만 같았다. 그도 그럴 것이 국내 정세가 차츰 좋아지고 있다는 소식을 들었기 때문이다.

전직 병사였던 아버지는 저녁을 먹으면서 벽에 걸려 있는 소총을 바라보았다. 그리고는 아들에게 부드러운 미소를 지으며 이렇게 말했다.

"애야, 네가 조금만 더 컸더라면 저 프러시아 놈들과 멋지게 싸우러 갔을 텐데 말이다."

여덟시 경에 대포 소리가 들려왔다.

"오베르빌리에로구나. 부르제에서 전투가 벌어진 모양이다."

페르 스텐은 전쟁 상황을 속속들이 알고 있었다. 아버지의 말을 들은 꼬마 스텐은 얼굴이 창백해졌다. 그는 안절부절못하다가 피곤해서 일찍 자야겠다는 핑계를 대고 급히 자리에서 일어났다.

하지만 좀처럼 잠이 오질 않았다.

대포 소리는 끊이지 않고 들려왔다. 프러시아 병사들을 기습 공격하기 위해 어둠을 틈타 공격을 개시한 프랑스 의용군이 오히려 적에게 반격 당하는 광경이 자꾸만 눈앞에 나타났다. 그에게 따뜻한 미소를 지어 보이던 늙은 중사의 모습도 어른거렸다. 그러다가 그가 차가운 눈밭에 쓰러지는 모습도 보였다. 뿐만 아니라 그와 함께 얼마나 많은 병사들이……

그 병사들이 흘린 피의 대가가 지금 그의 베개 밑에 감추어져 있으며, 누구보다도 용감했던 프랑스 군인의 아들인 바로 자신이 그런 일을 저지르지 않았는가…….

꼬마 스텐은 흘러내리는 눈물로 인해 숨쉬기가 곤란할 정도였다. 옆방에서는 아버지가 자지 않고 서성거리는 것 같더니, 창문 열리는 소리가 들려왔다. 저 아래 광장에서는 집합 나팔 소리가 울리고, 청년 기동대원들이 출격을 위해 번호를 외치고 있었다. 드디어 결전의 시간이 온 것이다.

가엾게도, 꼬마 스텐은 터져 나오는 울음을 참지 못하고 큰 소리로 울기 시작했다.

"아니, 왜 그렇게 우는 거냐? 무슨 일이 있니?"

페르 스텐이 깜짝 놀라 아들 방으로 뛰어 들어왔다.

꼬마 스텐은 더 이상 참지 못하고 침대에서 뛰어내린 다음 아버지의 발밑에 무릎을 꿇었다. 그 바람에 베개 밑에 숨겨 두었던 돈이 바닥으로 데굴데굴 굴러 떨어졌다.

"이게 웬 돈이냐? 설마 훔친 것은 아니겠지?"

페르 스텐은 몸을 부들부들 떨면서 소리쳤다. 그러자 꼬마 스텐이 눈물을 삼키며 자신의 잘못을 털어놓았다. 프러시아 병사들의 진지에 갔던 일이며, 거기서 한 일을 숨김없이 모두 말했다.

그렇게 말을 하고 나니 아까부터 죄어오던 가슴이 시원해진 것 같으면서 마음이 조금 가라앉았다. 마치 어깨에 지고 있던 무거운 짐을 내려놓은 느낌이었다.

페르 스텐은 아들이 하는 말을 엄격한 표정으로 듣고 있었고, 꼬마 스텐은 할 말을 마치자 두 손으로 얼굴을 가리고 울어 버렸다.

"아버지, 아버지……."

꼬마 스텐은 아버지의 팔을 잡으며 무언가를 말하려고 했다. 하지만 페르 스텐은 차갑게 아들을 밀쳐내면서 흩어진 돈을 주워 모았다.

"이게 다냐?"

페르 스텐이 묻자, 꼬마 스텐은 말없이 그렇다고 고개를 끄덕였다.

페르 스텐은 총과 탄약통을 벽에서 끌어내리더니, 돈을 호주머니에 넣으며 말했다.

"좋아, 이 돈을 돌려주러 갔다 오마."

페르 스텐은 이 한 마디를 남긴 후, 뒤도 돌아보지 않은 채 계단을 뛰어 내려갔다. 그는 결전을 위해 밤의 어둠 속에서 출발하는 의용대의 대열에 합류했다.

그날 밤 이후로 그의 모습을 본 사람은 아무도 없었다.

# 당 구

 병사들은 이틀 동안이나 전투를 계속한데다가, 간밤에는 배낭을 짊어진 채 쏟아지는 빗속에서 지냈기 때문에 몹시 지쳐 있었다. 그런데다 총을 내려놓고 길가의 물구덩이와 질척한 진흙탕 속에서 세 시간이나 있다 보니 몸이 얼어붙고 말았다.
 며칠 밤을 뜬눈으로 새운 병사들은 지칠 대로 지친 상태에서 서로 몸을 녹이고 부축하기 위해 젖은 군복을 입은 채로 달라붙어 있었다. 어떤 병사는 동료의 배낭에 기댄 채로 잠이 들기도 했다. 제대로 잠을 자지 못한데다 긴장까지 풀린 병사들의 얼굴은 피로와 굶주림으로 찌든 기색이 역력했다.
 먹구름이 나지막하게 드리운 하늘에서는 계속 비가 내렸고, 병사들은 몸을 녹일 불도 없는 진흙탕 속에서 주린 배를 움켜쥐고 있었다. 더구나 여기저기서 적병의 기척까지 느껴지고 있었으니, 그야말로 음산하기 이를 데 없는 풍경이었다.

도대체 사령부에서는 무엇을 하고 있는 것일까? 아니면 무슨 일이 일어난 것일까?

대포의 포구(砲口)는 이미 숲을 향해 무엇인가를 노리고 있었고, 숨겨진 기관총들은 지평선을 향하고 있었다. 공격을 위한 만반의 준비가 다 된 모양이었다. 그런데 어째서 공격을 하지 않는 것일까? 무엇을 기다리느라, 이렇게 뜸을 들이고 있는 것일까?

병사들은 명령이 떨어지기만을 기다리고 있었다. 그러나 사령부에서는 아무런 명령도 내려오지 않고 있었다.

그렇다고 사령부가 멀리 떨어져 있는 것도 아니었다. 밤새 내린 비에 씻겨 산허리에서 반짝이고 있는 붉은 벽돌로 된 루이 13세풍의 성곽이 바로 사령부였다. 프랑스 원수의 깃발을 꽂는다 해도 전혀 이상할 것 같지 않은 왕후의 궁성이었다.

큰길에서 떨어진 곳에 깊게 파인 도랑과 돌로 쌓은 축대가 있었으며, 돌층계를 따라 잔디가 깔려 있었다. 널찍하게 깔려 있는 잔디 주변에는 화분이 나란히 놓여 있었다. 반대편에 위치한 저택의 안쪽에는 자작나무의 묘목들을 따라 길이 만들어져 있었고, 거울같이 맑은 연못에서는 백조들이 헤엄치며 놀고 있었다. 탑 모양을 하고 있는 지붕 밑의 숲 속에서는 들꿩과 공작이 새장 안에 갇힌 채 날카로운 소리를 지르거나 날갯짓을 하며 꼬리를 펼치고 있었다. 주인은 살고 있지 않았지만, 그렇다고 건물이 황폐해 보이지도 않았다.

사령관 깃발이 잔디 위의 작은 꽃들을 지켜보고 있는 것 같았다. 나무들이 나란히 줄지어 서 있었고, 가로수 길의 깊은 침묵 속에는 세상의 모든 질서가 간직되어 있었다. 전쟁터에서 이와 같은 깊은 정적(靜寂)을 만난다는 것은 매우 인상적인 일로, 그건 일종의 감동이었다.

저 아래쪽에서는 도로에 불쾌한 진흙을 이겨 올리고 깊은 바퀴 자국을 남기는 비가 여기서는 붉은 벽돌과 푸른 잔디를 한층 더 선명하게 하고, 오렌지나무 잎사귀와 백조의 흰 깃털을 윤기 있게 만드는 정숙하고도 귀족적인 소나기에 지나지 않았다.

모든 것이 밝고 잔잔했다. 지붕 위에서 펄럭이는 사령관 기와 철책 앞에서 보초를 서는 병사만 없었다면, 아무도 이곳에 사령부가 있다고 생각하지 않을 것 같았다.

말들은 마구간에서 쉬고 있었다. 마부들이 여기저기 눈에 띄었고, 작업복 차림의 병사들이 주방 주변을 왔다 갔다 하고 있었으며, 붉은 바지를 입은 몇몇 정원사들이 앞들의 모래를 고무래로 고르고 있었다.

돌층계를 향해 창이 나 있는 식당에는 식사가 끝난 후 반쯤 치워진 식탁이 놓여 있었고, 구겨진 식탁보 위에는 마개 뽑힌 술병과 빛바랜 잔들이 여기저기 뒹굴고 있었다. 식사를 마친 손님들이 떠난 모양이었다. 옆방에서는 사람들의 말소리에 섞여 웃음소리와 당구공 구르는 소리, 그리고 잔 부딪치는 소리가 떠들썩하게 들려왔다.

사령관이 당구에 열중하고 있었기 때문에 명령이 지연되고 있는 것이었다. 사령관은 한번 당구를 시작하면, 하늘이 무너지는 한이 있더라도 결코 중단하지 않았다.

당구!

이것이 바로 이 위대한 장군의 결점이었다. 그는 제복을 입은 가슴에 수많은 훈장을 달고 있었으며, 식사 후에 마신 그록주(酒)로 인해 얼굴이 불그스름했다. 하지만 마치 전쟁에라도 임한 듯, 진지한 표정으로 눈을 빛내고 있었다.

부관들은 정중하게 사령관을 둘러싼 채 경기를 지켜보면서, 큐를 쥔 그의 손이 당구공을 칠 때마다 몹시 감동하는 표정을 짓곤 했다. 또한 사령관이 한 점을 얻으면 점수를 기록하려고 앞을 다투어 달려갔고, 그가 목이 마르다 싶으면 그록주를 준비하느라 야단이었다. 그럴 때마다 어깨 위의 견장과 군모의 깃털 장식들이 스쳤으며, 가슴에 단 훈장과 장식 끈이 요란하게 소리를 내기도 했다.

벽에 떡갈나무 판자를 대놓은 이 홀은 정원을 향해 있었으며, 천장이 매우 높았다. 이 넓은 홀에서 장식이 많이 달린 새 군복을 입은 부관들이 짓는 품위 있는 미소와 예절은 콩피에뉴의 가을을 연상시키기에 충분했다. 그들은 저 아래 길에서 비에 젖은 채 추위에 떨고 있는, 때에 찌든 군복의 병사들을 아예 잊고 있는 듯했다.

사령관의 상대는 몸집이 작은 참모부의 대위였다. 곱슬머리인 그는 허리에다 가죽 띠를 매고 있었으며, 손에는 훌륭한 장갑을 끼고 있었다. 당구에 있어서는 타의 추종을 불허하는 일인자인 그는 온 세상 사람들을 모두 이겨낼 수 있는 실력을 갖고 있었다. 하지만 자기 상관에 대한 존경심으로 겸손하게 경기에 임했으며, 절대 이기지 않도록 그리고 쉽사리 져준다는 인상을 주지 않도록 노력하는 인물이었다. 그래서인지 이 참모 대위는 일찌감치 장래가 촉망되는 장교로 인정받고 있는 터였다.

"조심해서 잘하게, 대위. 장군은 열다섯이고, 자네는 열이야. 이런 상황을 끝까지 유지하게나. 그렇게 한다면, 저 아래에서 내려오지도 않는 명령을 기다리며 억수같이 쏟아지는 비를 맞고 서 있는 자네 동료들보다 더 빨리 진급할 수 있을 거야. 그들은 지금 멋진 군복을 진흙탕에 더럽히면서 명령이 내려지기만을 기다리고 있지 않은가."

참으로 숨 막히는 게임이었다. 흰 공과 붉은 공은 서로 스치고 엇갈리면서, 당구대 측면에 맞으면 즉각 튀어나와 당구대 위를 재빠르게 굴러다녔다.

그때 돌연히 대포에서 뿜어낸 포화가 공중에서 번쩍 하고 빛났다. 그리고 그 포성으로 인해 유리창이 흔들리자, 사람들은 불안한 표정으로 서로를 바라보았다. 단지 사령관만이 아무것도 보지도 듣지도 못한 듯했다. 그는 당구대 쪽으로 몸을 굽힌 채, 오로지 멋지게 공을 끌어볼 생각만 하고 있었다. 사령관의 장기는 바로 이 끌기였다.

하지만 또다시 포화가 번쩍하고 빛났고, 그 뒤로도 계속 이어졌다. 적의 포격이 이어졌고, 점점 심해졌다. 참다못한 부관들은 창가로 달려갔다. 프러시아 병사들이 공격을 감행한 것 같았다.

"좋아, 공격할 테면 해보라고 해!"

사령관은 큐에 초크를 문지르며 말했다.

"대위, 자네 차례야."

부관들은 감동과 전율로 몸을 떨었다. 적이 코앞에 와 있는데, 당구대를 앞에 두고 이처럼 침착할 수 있다는 사실이 그저 놀랍기만 했다. 그에 비하면, 그 옛날 대포를 올려놓은 받침돌 위에서 잠을 잤다는 트렌느(17세기의 프랑스 군인으로, 전략이 매우 뛰어남) 따위는 아무것도 아니었다.

그러는 사이에 포성은 점점 커져만 갔다. 대포 소리와 함께 끊임없이 귀를 찢는 기관총 소리 그리고 일제히 사격을 하는 소총 소리가 뒤섞여서 요란했다. 성의 앞쪽 잔디밭에서 검붉은 연기가 피어올랐고, 정원 전체가 불에 휩싸였다. 새장 속에 갇힌 들꿩과 공작들이 놀라서 아우성을 쳤고, 마구간에 있던 말들이 화약 냄새를 맡고는 흥분해서 날뛰기 시작했다.

사령부는 동요하기 시작했고, 계속해서 급보가 날아들었다. 말을 탄 전령이 사령관을 만나기 위해 성에 도착했다. 하지만 사령관을 만날 수가 없었다. 왜냐하면 당구 경기가 끝나기 전에는 아무도 사령관을 방해할 수 없기 때문이었다.

"대위, 이번에도 자네 차례야."

그러나 대위는 위기 상황이 닥치자 어쩔 줄 몰라 했다. 젊은 사람은 나이 든 사람에 비해 침착성을 잃기 쉽지 않은가. 몹시 당황하고 있던 대위는 자신이 사령관을 이겨서는 안 된다는 사실을 깜빡 잊어버리고, 두 번이나 연달아서 점수를 따고 말았다. 거의 이긴 것이나 다름없게 되어 버리자, 이번에는 사령관이 노발대발했다. 그의 당당하던 얼굴에 놀라움과 분노가 뚜렷하게 드러났다.

바로 이때, 말을 탄 부관 한 사람이 마치 날듯이 정원 안으로 달려 들어왔다. 진흙투성이가 된 그는 보초를 서고 있는 병사를 밀어젖히고 단숨에 돌층계를 올라왔다.

"각하! 사령관님, 각하!"

사령관이 급하게 다가선 부관을 맞아들이는 장면은 참으로 가관이었다. 노여움으로 온몸을 부들부들 떨고 있는 사령관은 수탉처럼 붉어진 얼굴로 큐를 쥔 채 창가에 나타났다.

"무슨 일이야? ……여기는 보초도 없나?"

"각하, 저……."

"좋아. 이제 곧 명령을 내려주지."

이렇게 말한 다음, 사령관은 쾅 하고 창문을 닫아 버렸다.

명령이 하달될 때까지, 말을 탄 부관은 밖에서 기다려야 했다.

불쌍한 병사들이 추위와 굶주림에 떨면서 기다리는 것도 바로 그 때문이었다. 바람까지 더욱 거세져, 비와 산탄이 그들의 얼굴로 사정없이 몰아쳤다. 몇몇 대대가 괴멸되어 버렸다. 그런가 하면 또 다른 대대들은 어째서 전투 명령이 떨어지지 않는지 의아해하면서 무기를 손에 든 채 멍청하게 있을 수밖에 없었다. 어쩔 수 없이 명령이 떨어지기만을 기다리고 있는 것이었다.

그러나 죽는 데는 명령이 필요 없기 때문인지, 저택 앞의 덤불이나 도랑 속에서 이미 수백 명의 병사들이 쓰러져 갔다. 그들이 쓰러진 뒤에도 총알은 계속해서 그들의 몸으로 날아왔고, 상처에서는 기개 있는 프랑스의 피가 소리 없이 흘러나오고 있었다.

당구 경기도 이에 못지않게 치열했다. 사령관은 다시 우세에 놓여 있었다. 키 작은 대위도 사자처럼 막아내고 있었다.

열일곱……열여덟……열아홉…….

부관들은 간신히 점수를 기록했다. 총소리가 점점 가까이 다가오고 있었기 때문이다. 사령관은 이제 한 큐로 경기를 끝장낼 것이다.

하지만 포탄은 이미 정원 안으로 쏟아졌고, 그중 한 방은 연못 위에서 폭발했다. 거울 같은 연못의 수면이 갈라지자, 피투성이가 된 백조 한 마리가 피에 젖은 날개를 파닥거리며 헤엄을 쳤다.

이제 마지막 한 큐가 남았다……

바야흐로 모든 것이 조용해지고, 깊은 침묵이 흐르고 있었다.

자작나무 위로 쏟아지는 빗소리, 언덕 밑에서 들려오는 어수선한 웅성거림, 그리고 물에 잠긴 도로 위를 급한 발걸음으로 가축 떼가 몰려가는 소리 같은 것만 들려올 뿐이었다.

병사들은 싸워보지도 못하고 도망가고 있는 중이었다.

결국 사령관은 경기에서 이겼다.

# 나룻배

전쟁이 일어나기 전에는 그곳에 훌륭한 조교(弔橋, 양쪽 언덕에 줄이나 쇠사슬을 건너지르고, 거기에 의지하여 매달아 놓은 다리. 즉 '출렁다리')가 있었다. 흰 돌로 쌓아올린 두 개의 지주(支柱)가 높이 솟아 있고, 타르 칠을 한 로프가 센 강 수평선 위에 걸려 있어 하늘 위로 솟은 모양은 기구(氣球)와 배의 모양을 지극히 아름답게 꾸며 주고 있었다. 그 중앙의 거대한 아치 형 다리 밑으로 예인선(曳引船)이 하루에 두 번씩 소용돌이치는 연기를 뿜으면서 굴뚝을 낮출 필요도 없이 통과해 가는 것이었다.

양편 강가에는 빨래방망이와 세탁하는 여자들의 의자를 넣어둔 헛간과 고기잡이배들이 매어져 있었다.

서늘한 강바람에 흔들리는 커다란 녹색의 커튼 같은 포플러 가로수가 목장 사이를 통해 다리에까지 이르고 있었다. 아름다운 풍경이었다.

금년에는 모든 것이 변했다. 여전히 변함없이 서 있는 포플러 가로수 끝에는 아무것도 없었다. 이제 다리는 없어졌다. 두 개의 석주(石柱)는 날아가 버렸고, 그 주변에는 돌의 파편이 여기저기 흩어져 있었다. 진동으로 반파된 작은 백색의 입항세 관리소는 새로 생겨난 폐허나 또는 바리케이드처럼 보였다. 로프의 철선은 쓸쓸히 물에 잠겨 있었다. 모래 속에 파묻힌 교판은 강 한가운데에서 사공들에게 알리기 위해 붉은 기를 세운 커다란 난파선처럼 보였다. 센 강에서 떠내려 오는 잡초와 이끼 낀 판자 등 가지가지가 거기에 쌓인 채 소용돌이를 일으키고 있었다.

이러한 풍경 속에는 무엇인가 찢긴 것, 불행을 느끼게 하는 것이 있었다. 다리까지 이르는 가로수가 성겨져서 그 주변은 더욱 쓸쓸했다. 그처럼 무성하고 아름다웠던 포플러들은 모두 벌레가 먹고 — 나무들도 침략을 받은 것이다. — 싹도 없는 갈가리 찢어진 가느다란 가지들을 뻗치고 있고 아무런 쓸모도 없게 된 황폐한 가로에는 커다란 흰 나비들이 무거운 날개로 날고 있었다.

다리가 복구되기를 기다리면서 근방에는 나룻배가 생겼다. 그것은 일종의 거대한 뗏목으로 마차와 쟁기를 단 말, 그리고 물을 보고 휘둥그레진 눈을 조용히 뜨고 있는 암소들을 그대로 실을 수가 있었다. 가축들과 마차는 가운데 싣고 그 주변에는 여행객, 농민, 마을의 학교로 가는 아이들, 그리고 별장생활을 하는 파리 사람들을 태웠다.

베일이나 리본이 말고삐 곁에서 휘날렸다. 난파한 사람들을 태운 뗏목 같은 모양이었다. 배는 천천히 나아갔다. 건너는 데 시간이 제법 걸리는 센 강은 전보다 더 커진 것 같았고, 붕괴된 다리의 잔해 뒤로 이제는 아무런 관계도 없게 된 양편 강둑 사이로 지평선은 서글프게 장엄한 빛을 띠고 뻗어나가 있었다.

그날 아침 나는 강을 건너려고 일찍 나왔는데, 강가에는 아직 아무도 없었다. 낡은 마차를 축축한 모래 속에 고정시켜 꾸며 놓은 사공의 초라한 오두막은 안개에 젖은 채 잠겨 있었다. 안에 서는 아이들의 기침소리가 들려 나왔다.

"어이, 외젠느!"

"갑니다! 가요!"

큰 소리로 부르자, 사공이 대답을 한 후 몸을 끌며 나왔다. 사공은 훤칠하게 생긴 젊은이였다. 최근 전쟁에 포병으로 출전하여 한쪽 다리에 파편을 맞고, 얼굴에는 칼의 상처를 입고 류머티즘에 걸려 돌아온 것이다.

이 선량한 사나이는 나를 보자 미소를 지어 보이며 말했다.

"선생님, 오늘은 우리뿐이니 거북하지 않겠습니다."

실제로 배에 탄 것은 나 혼자뿐이었다. 그러나 뱃줄을 푸는 동안에 사람들이 오기 시작했다. 코르베이유 시장에 간다는, 눈이 반짝이는 농가의 아낙네가 양팔에 커다란 바구니 두 개를 끼고 가장 먼저 왔다. 이 바구니가 몸의 균형을 잡아줬기 때문에 그녀는 비틀거리지 않고 똑바로 걸어왔다. 그녀의 뒤를 이어 후미진 길로 다른 사람들이 계속해서 오고 있는 것이 안개 속에서 어렴풋이 보였다.

그런 가운데서 누군가의 말소리가 들려왔다. 부드럽고 눈물어린 여인의 목소리였다.

"아아, 샤시뇨 선생님! 제발 부탁입니다. 우리를 괴롭히지 말아 주세요. 그이가 다시 일을 시작했다는 것을 아시잖아요. 돈을 갚아드릴 때까지 좀 기다려 주세요. 그이가 원하는 건 단지 그것뿐입니다."

"난 기다릴 만큼 충분히 기다렸소. 이젠 너무나 지쳐서 더 이상 기다릴 수가 없소. 이젠 집달리가 나설 참이야. 적절하게 처리해 줄 테니, 그리 아시오. 어이, 외젠느!"

이가 빠진 늙은 농부가 퉁명스럽게 대답했다.

"저게 샤시뇨란 놈입니다."

젊은 사공이 나지막한 목소리로 나에게 말했다.

이때 몸집이 큰 늙은이가 강가로 다가오는 것이 보였다. 올이 굵은 모직 프록코트를 우스꽝스럽게 입고, 지나치게 높은 새 실크 모자를 쓰고 있었다. 이 농부는 햇볕에 타서 얼굴이 몹시 검은 데다 주름살이 깊게 패였으며, 곡괭이질을 한 손은 몹시 거칠고 마디가 매우 굵었다. 그런 모습에다 신사 차림을 하니 검고 거친 얼굴이 더욱 두드러져 보였다.

고집불통의 얼굴, 아파치 인디언 같은 커다란 매부리코, 굳게 다문 입술…… 이 모든 것이 샤시뇨라는 이름과 어울려서 험상 궂은 면모를 더욱 강조하는 듯했다.

"자, 외젠느! 빨리 가자."

그는 나룻배로 뛰어 들어오면서 말했다. 그의 목소리는 분노로 떨렸다.

사공이 뱃줄을 풀고 있는 동안 한 뚱뚱한 여인이 샤시뇨 곁에 다가가서 물었다.

"누구에게 그처럼 화를 내는 거예요?"

"아! 부랑슈 아주머닌가! 말도 마……. 화가 나서 미칠 것 같아. 그 망할 놈의 마질리에 말이야……!"

그리고는 후미진 길을 흐느끼면서 올라가고 있는 작고 연약한 사람들을 주먹으로 가리켰다.

"저 사람들이 뭘 어쨌는데요?"

"저 사람들이 어쨌냐고? 넉 달 치 집세가 밀린 것은 물론이고, 술값도 잔뜩 외상을 졌단 말이야. 그런데 나는 아직 한푼도 받지 못했거든……. 그래서 지금 집달리한테 가는 길이야. 그것들을 거리로 내쫓아 버리려고……."

"하지만 그 마질리에는 참으로 선량한 사람이에요. 그 사람이 돈을 갚지 못하는 것은 그 사람 잘못이 아닐 거예요. 이번 전쟁

통에 돈을 잃은 사람이 한둘이 아니잖아요."

그 말을 들은 늙은 농부는 노발대발했다.

"그놈은 바보 멍청이야! 프러시아 병사들을 상대로 돈을 모을 수도 있었거든. 그런데 그놈이 그렇게 하려 들지 않았지. 프러시아 병사들이 온 날부터 주점 문을 닫고 간판을 떼어 버렸단 말이야. 술집을 했던 사람들은 전쟁 중에 적지 않은 돈벌이를 했는데, 유독 그놈만 한푼도 벌지 못했거든. 게다가 그놈은 한 술 더 떠서 건방지게 굴기까지 해서 감옥에 끌려 들어갔었단 말이야. 그러니 바보 멍청이가 아니고 뭐겠어? 전쟁이 제 놈하고 무슨 상관이야? 제 녀석이 군인이라도 돼? 손님들에게 포도주와 브랜디를 부어 주었으면 지금쯤 내 빚도 다 갚았을 것 아니냐고……. 개돼지만 도 못한 놈 같으니라고! 애국자인 척하는 녀석은 본때를 보여줘 야 해!"

불같이 화를 내서 얼굴이 시뻘게진 늙은 농부는 값나가는 프록코트를 입고서도 그동안 작업복만 입어 온 촌사람의 어설픈 몸짓을 고스란히 드러내고 있었다.

늙은 노인이 이야기를 해나가니까, 조금 전만 해도 마질리에 부부를 동정하던 뚱뚱한 여인의 눈도 냉혹해지면서 경멸의 빛을 띠었다. 이 여자도 촌여자이기는 마찬가지였던 것이다.

그들은 돈벌이를 거절하는 사람들을 그다지 존경하지 않을 뿐 아니라 무시하는 경향이 있었다.

처음에 그 뚱뚱한 여인은 "그 아내가 불쌍하죠." 하고 말했다.

그러다가 잠시 후에는 "그래요, 정말이에요. 굴러들어온 복을 차 버리다니……."라고 말을 바꾸었다.

그러고 나서는 이렇게 끝을 맺는 것이었다.

"맞아요, 아저씨 말씀이 옳아요! 빚을 졌으면 갚아야죠."

샤시뇨는 이를 악물고 뇌까렸다.

"그놈은 바보 멍청이야! 바보 멍청이라고!"

뱃전에서 계속 삿대질을 하면서 귀를 기울이고 있던 젊은 사공은 자기도 한마디 해야겠다고 생각했다.

"샤시뇨 아저씨, 그런 나쁜 짓을 하지 마세요. 집달리한테 간들 무슨 소용이 있겠어요? 저 불쌍한 사람들의 물건을 팔게 한다는 건 너무나 지나친 일이에요. 조금만 더 참아주세요. 그럴 만한 여유는 가지고 계시지 않습니까?"

늙은 농부는 마치 무엇인가에 깨물리기라도 한 듯이 뒤를 돌아보며 소리쳤다.

"잠자코 있지 못해! 이 못난 녀석아, 너도 그 얼어 죽을 애국자로구나……. 딱한 일이라고 생각하지 않는가? 자식은 다섯이나 되고, 돈도 한푼 없는 주제에 강요하지도 않는데 취미로 대포나 쏘러 다니고……. 잠깐만 제 말을 들어주십쇼, 선생님. ― 이 매정한 늙은 농부가 내게 말을 하고 싶은 모양이었다. ― 그런 것이 우리에게 무슨 소용이 있단 말입니까? 저 녀석도 그 전쟁 덕분에 얼굴이 저 모양이 되고, 가지고 있던 좋은 직장도 잃고……. 그래, 이제는 사면으로 바람이 들어오는 판잣집에 살면서 아이들은 병들고, 마누라는 세탁에 지친 채 방랑자 같은 생활을 하고 있지 않습니까? 저 녀석도 바보 멍텅구리가 아닙니까?"

젊은 사공의 얼굴에 번갯불 같은 노기가 떠올랐다. 창백한 그의 얼굴 한가운데에 칼을 맞은 상처가 깊고도 희게 자리하고 있었다. 그러나 그는 최대한의 자제력을 발휘하여 자기의 분노를 삿대 위로 돌렸다. 그리고는 삿대가 부러져라 하고 강 밑 모래 속으로 처박는 것이었다.

한마디만 더 하면 그 자리마저 잃을지 모른다는 것을 알고 있는 것 같았다. 왜냐하면 샤시뇨는 이 지방 유지이기 때문이다.

그는 면회의 의원이다…….

# 파리의 백성
## — 포위 중에

　　그들은 샹프로제에서 정말로 행복했다. 그들의 가축 사육장이 바로 내 창 밑에 있어서 1년 중 6개월간은 그들의 생활이 내 생활과 섞여 있었던 셈이다.

　　날이 새기도 전에 주인이 마구간으로 들어가 수레에 말을 매고 코르베이유로 출발하는 소리가 들려온다. 야채를 팔러가는 것이다. 다음에는 부인이 일어나 아이들 옷을 입히고 닭을 부르고 소젖을 짠다. 그리고 오전 내내 큰 나막신, 작은 나막신들이 나무계단을 큰 소리로 오르내린다.

　　오후가 되면 잠잠해진다. 아버지는 밭으로 나가고, 아이들은 학교로 가고, 어머니는 잠자코 안뜰에서 빨래를 널거나 문 앞에서 막내둥이를 보면서 바느질을 하곤 한다. 때때로 누가 길을 지나갈 때면 일손을 멈추지도 않은 채 이야기를 한다……

　　한번은 8월 그믐께 — 여전히 8월 이야기이다. — 그 부인이 이웃 아낙네에게 이렇게 말하는 소리가 들렸다.

"아아니, 프러시아인이라뇨? 정말 그들이 프랑스에 들어왔단 말이에요?"

"그들은 살롱에 있어요!"

나는 내 창을 통해서 그에게 소리쳤다.

이 말을 듣고 그 아낙네는 크게 웃었다. 이 세느 에 우와즈 구석에서 농민들은 적의 침입을 믿지 않았다.

그러나 세간을 실은 수레가 매일같이 지나갔다. 부유한 사람들의 집은 닫혀졌고, 해가 길고 아름다운 이 8월에 꽃이 진 정원들은 닫힌 울타리 너머로 쓸쓸하고 음산해 보이기만 했다. 이웃 사람들은 차츰 불안해지기 시작했다. 고향을 떠나는 집이 있을 때마다 그들은 서글퍼졌고, 버림을 받은 듯한 기분이 되곤 했다.

그러던 어느 날 아침, 마을 구석구석에서 북소리가 들려왔다. 프러시아인들에게 아무것도 남겨주지 않도록 암소나 사료를 파리로 가서 팔라는 면사무소의 명령을 알리는 북소리였다.

주인은 파리로 떠났다. 쓸쓸한 여행이었다.

포장된 도로 위로는 무거운 짐을 실은 피난 수레가 줄을 이었고, 여기에 뒤섞인 돼지와 양떼가 수레바퀴 사이에서 허둥댔으며, 재갈 물린 암소가 짐수레 위에서 나직이 울고 있었다.

가난한 사람들은 길가의 도랑을 따라 색이 바랜 긴 의자, 제정 시대의 테이블, 인도풍의 장식이 달린 거울 등 고물들을 가득

실은 조그마한 손수레를 밀고 있었다. 선조들로부터 전해 내려오는 먼지투성이의 물건들을 소중하게 꾸려서 손수레에 싣고 거리로 나오는 것이 얼마만한 고통이었나를 짐작하고도 남음이 있었다.

파리로 들어가는 입구는 숨이 막힐 정도로 붐볐다. 두 시간이나 기다려야 했다……. 그 가엾은 농부는 이 두 시간 동안 자기 염소에게 바싹 달라붙은 채 대포의 포안(砲眼)이며 물이 가득 찬 도랑, 높이 쌓인 요새, 길가에 베어져 시들은 키가 큰 포플러 등을 놀란 눈으로 바라보고 있었다.

저녁때가 되어서야 그는 얼이 빠진 채 집으로 돌아와, 자신이 본 모습을 아내에게 소상히 이야기했다. 아내는 겁이 더럭 나서, 내일이라도 떠나자고 했다.

그러나 하루하루 밀려나가면서 출발은 연기되어 갔다. 추수를 해야 된다든가, 아직도 갈아야 할 땅이 있다든가, 포도주를 담가야 한다든가……. 게다가 프러시아 병사들이 이곳을 지나가지 않을지도 모른다는 한 가닥 기대가 마음속에 도사리고 있었던 것이다.

어느 날 밤, 그들은 무서운 포탄 소리에 잠이 깼다. 코르베이유의 다리가 폭파되는 소리였다.

마을의 남자들이 문들 두드리며 돌아다녔다.

"프러시아 기병이다! 프러시아 기병이다! 도망쳐라!"

그들은 황급히 일어나 수레에 말을 맨 다음, 잠이 덜 깬 아이들에게 옷을 입혀 몇몇 이웃사람들과 함께 지름길로 빠져나왔다.

고개마루터기를 올라섰을 때 세 시를 알리는 종소리가 들려왔다. 그들은 마지막으로 뒤를 돌아다보았다. 교회 앞 광장, 언제나 지나다니던 큰 길, 센 강으로 내려가는 입구, 포도밭 사이로 나있는 아름다운 길……. 그런데 이상스러울 정도로 이 모든 것이 생소해 보였다. 그리고 그 작은 마을은 뽀얀 아침 안개 속에서 버림받을 거라는 무서운 예감에 떨면서 집들이 서로서로 꼭 껴안고 있는 것 같았다.

이제 그들은 파리에 당도했다. 쓸쓸한 거리의 5층 방 두 개를 빌렸다.

주인은 그다지 불운한 사람이 아니었다. 그는 일자리도 구했고, 국민군에 편입되어 성곽으로 나가거나 훈련을 받았다. 텅 비어 있을 창고나 파종하지 않은 밭을 잊기 위해 될 수 있는 대로 기분을 얼버무리면서 눈앞에 있는 일에 몰두했던 것이다.

그러나 그보다도 성격이 조급한 아내가 진력을 내면서, 앞으로 어찌될 것이 알지 못해 불안해했다.

두 딸은 학교에 들어갔으나, 학교는 음침하고 뜰도 없었다. 아이들은 벌집처럼 와글거리고 즐거웠던 시골학교를 그리워했고, 또한 학교에 갈 때마다 2km나 걸어서 지나다니던 숲을 생각하며 숨이 막혀 했다.

어머니는 딸들의 슬픈 표정을 보고 마음이 아팠으나 특히 걱정이 되는 것은 막내둥이였다.

막내둥이는 시골에서 살 때는 집 안에서고 뜰에서고 여기저기 어디나 엄마 뒤를 졸졸 따라다녔고, 문지방 층계를 뛰어넘었으며, 새빨개진 손을 세탁함지에 넣기도 하고, 엄마가 한숨 돌리면서 뜨개질을 시작하면 문 가까이에 가 앉곤 했었다.

그러나 이곳에서는 5층이나 기어올라야 되고, 게다가 층계가 어두워서 몇 번이나 헛딛을 뿐 아니라, 좁은 난로의 불은 깜박깜

박했으며, 창은 높고, 하늘은 회색 연기에 덮이고, 슬레이트는 젖어 있었다.

막내둥이가 놀 만한 뜰이 있기는 했다. 그러나 관리인이 싫어했다. 이 관리인이란 것은 도시에서 고안해 낸 물건이란 생각이 들었다. 시골에서는 저마다가 자기 집 주인이다. 조그만 거처를 소유하고 자기 자신이 지키는 것이다. 낮이면 하루 종일 대문을 열어 놓았다가 저녁에 큰 나무빗장을 질러 놓으면 집 전체가 아무런 두려움 없이 전원의 어둠 속에 잠겨 기분 좋게 잠들 수 있었다.

그러나 파리의 가난한 집에서는 문지기가 주인 행세를 한다. 막내둥이는 혼자 밑으로 내려갈 수 없다. 지푸라기와 야채껍질을 안뜰에 조금 어질러 놓았다는 구실로 염소를 팔게 한 그 심술궂은 노파가 너무나도 무서웠던 것이다.

심심해하는 막내둥이의 기분을 어떻게 돌려줘야 좋을지 이 가련한 어머니는 알지 못했다. 식사가 끝나면 마치 뜰에라도 나가는 듯이 어린애의 옷을 입혀 손을 잡고 거리로 나가 한길을 쭉 걷게 하지만, 사람들에게 채이고 부딪치고 파묻혀 그는 주위를 볼 수가 없었다. 재미있는 것은 말[馬]들뿐이었다. 막내둥이가 알아볼 수 있고 또 막내둥이를 웃기는 것은 이 말들뿐이었다.

엄마 역시 무엇 하나 재미를 붙일 것이 없었다. 그녀는 자기 집, 가산 등을 생각하며 천천히 걸었다.

정직해 보이는 얼굴 표정과 깨끗한 옷매무새 그리고 머리에 윤기가 흐르는 이 어머니와 둥그런 얼굴에 큰 나막신을 신은 아이……

이 두 모자가 지나가는 모습을 보면, 타향에서 유랑하고 있는 신세인 이들이 싱싱한 공기가 감도는 적막한 시골길을 그리워하고 있다는 것을 누구나 바로 알 수 있다.

알퐁스 도데 베스트 단편선

1판 1쇄 인쇄 | 2018년 02월 20일
1판 1쇄 발행 | 2018년 02월 25일

**지은이** | 알퐁스 도데
**옮긴이** | 박정윤
**펴낸이** | 윤옥임
**펴낸곳** | 한비미디어

서울시 마포구 독막로 28길 34
**대표전화** (02)713-3734, **팩스** (02)706-9151
등록 제 2003-000077호

ISBN 978-89-90167-90-3 03890
값 10,000원